四看金庸小說

倪匡——著

—前言—

享用無窮，得益無窮

《三看》到《四看》，足足過了一年之久，頗失預算，但總算有了。在這一年之中，有舒國治先生的金學著作，也有計畫把許多寫作人零碎地論及金庸小說的文字，彙集成一冊「金學研究」。那天，沈登恩、董千里、林燕妮等幾個人在一起，董千里先生捷才無比，立即道：「這本書，可以叫《諸子百家看金庸》！」所有人一致叫好，大約不多久，這本書也可出版了，「金學研究」可以有一陣熱鬧。

每次，在前言中，總不免要談談武俠小說。武俠小說有一個時期，曾被一些人當作是洪水猛獸般可怕的東西，也曾被當作「不登大雅之堂」、不值一提的東西。

但是用這種態度對待武俠小說的人，越來越少，他們聲嘶力竭，可是發出的聲音已經越來越微弱，幾乎聽不到了。因為武俠小說越來越被廣大讀者接受，這些人的叫聲，已經沒有了聽眾，甚至有的，他們自己也迷上了金庸的武俠小說，還有什麼可以喊的呢？

這真是好現象，大好現象。

有的人還以為武俠小說只是「成年人童話」，是完全沒有現實意義的。

這種說法，自然大謬。

武俠小說中，各式人等皆有其不同外形，有身懷絕技之絕色小尼姑，有滿身濃瘡的丐幫異人，有風流瀟灑、英俊出眾的書生（多有一個或多個暗戀他的師妹），有千嬌百媚、膚光如雪的妖姬（多有一個或多個跟隨她的面首），有白髮老嫗，有黃口豎子，有虬髯大漢，有窈窕淑女，等等等等，凡是可以想得到的形象都有，凡是想不到的也有。

而在性格上，武俠小說中的人物，也多姿多采至於極點，由各種性格正常或不正常，稀奇古怪的人與人之間的錯綜複雜的關係所組成的無奇不有的種種經過，也就是武俠小說豐富無比的情節，是武俠小說吸引人的主要原因。

在武俠小說中，可以看到各種各樣的人和各種各樣的事。在人類史上所有發生過的事、所有出現過的人，都可以在武俠小說之中找到，而未曾發生過的事、未曾出現過的人，也可以在武俠小說之中找到。

過去、現在、未來，世上發生的事、出現過的人，都可以在武俠小說之中找到他們的影子，怎能說武俠小說沒有現實意義呢？

武俠小說的故事可能是虛構的（哪有一部文學作品的情節全是真人真事？），但參與這些情節活動的人，卻全是世上各種各樣人的典型。

所以，有時看武俠小說，頗有看預言的功效，一部寫在二十年前的武俠小說之中，可以找到近年來才冒出來的人和事的影子。豈真武俠小說作者有預言能力乎？非也非也，那是由於武俠小說作者寫盡了世間的人和事的緣故。世間一切事，都和人性的優或劣有關，此所謂「太陽之下無新鮮事」，千變萬化，變來變去，變不出人性優劣明愚的範圍。

若不信，且舉一例，例中人物，是朱長齡先生。

朱先生出現在金庸的《倚天屠龍記》之中，這位仁兄，在深山之中，基業甚厚，生活逍遙，但是他卻覬覦屠龍刀。他善用陰謀詭計，在陰謀陽謀一起失敗之後，他就硬來，想活捉張無忌，逼他去找屠龍刀（屠龍刀真是好東西，人人都想撈上一把），卻反令得張無忌爬過了一個山洞，找到了九陽真經，武功大成。而那位朱先生呢？在張無忌練九陽真經的五年之中，天可憐見，在一塊凸出懸崖的石頭上，淒清孤零地過日子。五年之久，總該頭腦清醒點了吧？然而並不。

五年之後，張無忌功成出洞，被他再一次用陰謀詭計弄得跌下山去。朱先生大喜之餘，勝利沖昏頭腦，屠龍刀的邊還沒摸著，又想起九陽真經來，正是窮星未退，色心又起，於是他仔細盤算一番：

「我上次沒能擠過那個洞穴，定是心急之下用力太蠻，以致擠斷了肋骨。這小子身材比我高大得多，他既能過來，我自然也能過去。我取得九陽真經之後，從那邊覓路回家，日後練成神功，無敵於天下，豈不妙哉？哈哈，哈哈！」

朱長齡先生心思縝密，想得一點不錯。而且還檢討了上次失敗的因素，輕輕巧巧，推在「太心急」身上。當然，失敗是偶然的，可以改正的，而且十分容易改進，想起來，一定可以成功——可不是麼——太心急，一天等於二十年失敗了，本世紀番兩番，自然絕無問題，想起來，竟然容易得很。而且，「他既能過來，我自然也能過去！」人家能，我們自然也能！意氣風發，信心十足。

於是，朱先生開始行動：

「他平心靜氣（按：這四個字真妙，急躁冒進不行，反其道而行之，平心靜氣應該行了吧？聰明笨伯，自有其自說自話的邏輯），在那狹窄的洞穴之中，一寸一寸的向前挨去，果然比五年前又多挨了丈許，可是到得後來，不論他如何出力，要再向前半寸，也已絕不可能。」

在這時候，朱長齡如果知難而退，明白世界上有些事，人家做得到，絕不等於自己也可以做到的淺明道理，他還可以退回來。但是這位聰明和信心十足的仁兄，卻不明白這道理，不行麼？那怎麼會，一定可以，於是他繼續努力，而且重新檢討：

「他知若使蠻勁，又要重蹈五年前的覆轍，勢必再擠斷幾根肋骨。」

看，上次的錯誤不再犯，這次自然可以成功。他要是明白一次失敗絕不等於第二次一定成功的淺明道理，他這時還可以退出來。但是這位聰明和信心十足的仁兄，卻不明白這道理。

所以他：

「……定了定神，竭力呼出肺中存氣，果然身子又縮小了兩寸，再向前挨了三尺。可是肺中無氣，越來越是窒悶，且覺一顆心跳得如同得打鼓一般，幾欲暈去，知道不妙，只得先退出來再說。」

朱長齡先生想到要退了，知道自己不行了、不妙了，但到那時再來縮手，卻已經太遲了！

朱先生境況，真是可憐：

「那知進去時雙足撐在高低不平的山壁之上，一路推進，出來時卻已無可借力。他進去時雙手過頂，以便縮小肩頭的尺寸，這時雙手被四周巖石束在頭頂，伸展不開，半點力氣也使不出來。心中卻兀自在想：『這小子比我高大，他既能過去，我也必能夠過去。為什麼我竟會擠在這裡，當真豈有此理！』」

好一個「兀自在想」，想破了他的頭，他也想不通其中道理，雖然這道理旁人早已知道，但他想不通。因為：

「可是世上確有不少豈有此理之事，這個文才武功俱臻上乘、聰明機智算得是第一流人物的高手，從此便嵌在這窄窄的山洞之中，進也進不得，退也退不出。」

文才武功，聰明機智，一流高手，就是相信了「他既能，我也必能」的這個蠢理，就落得這樣下場。

武俠小說中這短短的情節，當然不會是故意在諷刺什麼人和什麼事，這寫在近二十年之前，但卻具有預言式的描述。世上真有那麼笨，連那麼淺明的道理都不明白的人？只怕沒有吧，如果有，那真是豈有此理之極！

可是，世上確有不少豈有此理之事！

武俠小說非但有現實意義，而且還早已把一些人的嘴臉，寫進了小說之中！寫這段前言之時，在香港，而且正值香港前途蒙上陰影、人心不定之際，而一些痴人，又以為由他們來治理香港，一樣可以「維持安定繁榮」，「人家能的，我必也能」的話出自高層之口，竟然和金庸小說中人物的心語完全一樣，豈不有趣！

金庸小說中的語句，有的真是深入人心，妙到絕點。在《笑傲江湖》中，寫專權者的心理，有「千秋萬載，一統江湖」等句子，由於專權者的心態全是一樣的，類似的句子，甚至被採用到了中共的「國歌」之中。

武俠小說寫得好了，寫到像金庸這種程度，或接近金庸這種程度時，可以說應有盡有，一切人生百態，善的惡的、醜的美的、古怪的正常的，全在其中，如明鏡，如犀照，鬼魅魍魎，無所遁其形；義士君子，皆可見其志。

其他形式的文學作品，絕無法做到武俠小說所能做到的地步。

武俠小說在文學上的地位，由此可以得到進一步的肯定，豈止是消遣時間之用那麼簡單！

武俠小說有一個大隱憂。

這個大隱憂，現在已越來越明顯。

並不是武俠小說沒有了讀者，情形恰好相反，武俠小說的讀者越來越多，武俠小說的地位，也逐步得到了肯定，可是隱憂是，武俠小說卻越來越少了！

「武俠小說越來越少」這句話可能有語病，已經在的武俠小說一定在，不會少的。這句話的意思是：武俠小說的創作量，越來越少了。

金庸不寫了！

古龍也想不寫了，而且，確曾擱筆了好幾年。

曾竭力慫恿金庸再寫，不果。

於是又盡一切努力勸告古龍再寫，古龍從意動到執筆，考慮了半年之久，終於我們又有了他的新作可看。

新的武俠小說作者，似乎一直到現在，還未曾拿出可以使大家都叫好的作品來。香港的一位出版家，有一次在閒談之中感嘆：「讀者餓武俠小說餓得太久了！」自然，也有人慫恿本人「東山復出」，但是自知，武俠小說是所有小說中最難寫的一種，過去既然寫得不好，現在再來寫，也未必會好，雖然有時清夜撫心，也曾壯志凌霄一番，但一到天光大白，就知難而退。

早十幾年的名家，現在還在執筆的，大都已是業餘玩票性質，像臥龍生，現在是繁忙成功的電視劇製作人了。

舊作家越寫越少，新作家接不上去，這就是武俠小說的大隱憂。

武俠小說的地位已肯定，市場廣闊，有志寫作的青年才俊，實在可以把握大好機會，替武俠小說再放異彩——但要明白的一點是，武俠小說是所有小說中最難寫的一種，切勿等閒視之。如果不認清這一點，以為那還不容易寫！有了這樣的想法，除非真是天縱英明，若莫札特於音樂然，不然，必定難以寫出好武俠小說來。

在《四看》中，將集中討論金庸兩部最流行的作品：《射鵰英雄傳》（《大漠英雄傳》）和《神鵰俠侶》。說這兩部作品是金庸作品中「最流行」的，是因為《射鵰》是令得金庸聲名大噪的作品，而接下來的是《神鵰》，這兩部書中的人物，深入人心，郭靖、黃蓉、楊過、小龍女，若是一提起來，有人竟然不知道的，真有使人懷疑其人可能是文盲。

如果篇幅有多，那就會再討論一些金庸作品中比較冷門的短篇。如果寫下來，沒有篇幅了，那就只好留待《五看》了。

前兩年，曾說過要「再看」、「三看」、「四看」一直看下去，有以為是「開玩笑」者，現在，大概可以知道不是開玩笑了吧？真可以一直看下去，看到「九看」、「十看」，沒有問題。

多看金庸小說，享用無窮，得益無窮。

倪匡　一九八二・十二・七　香港

目次

第一章

射鵰英雄傳

第二章

神鵰俠侶

第一章

射鵰英雄傳

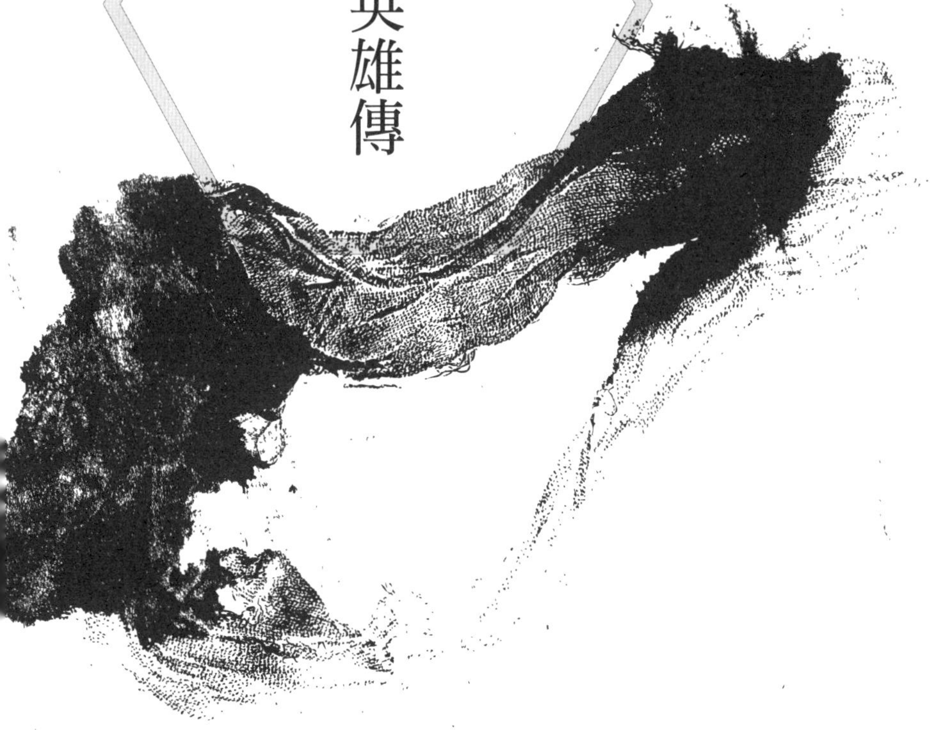

1

新、舊版問題

翻開新版（編按：這裡指的是金庸小說在一九七〇年代的第一次全面修訂，如今通稱為「修訂版」）的《射鵰英雄傳》，真叫人大吃一驚，若是以前曾看過，而印象又不是十分肯定的，真要懷疑自己的記憶力，以為自己患了失憶症。因為改動得實在太多了！

比較金庸第一次寫作，和以後重新改寫的異同，對普通的金庸讀者來說，並不是一件十分有趣的事——並不是趣味性不高，而是會有「心癢難熬」之感：怎麼你提到的這一段，我沒有看到過？那一段發展下去怎麼樣，有什麼新的情節？由於這一段已經刪掉了，讀者看不到了，不提，還不知道有這一段，提了之後，尋根究底起來，偏偏找舊版金庸作品，又難過登天，金庸似乎有意只讓他改寫過的作品傳世，而讓第一次出現在讀者面前，迷住了無數讀者的原作淹沒，這實在對讀者很不公平。

由於金庸已不再寫武俠小說，所以他以前寫下的每一個片段、每一個章句，對讀者來說，都寶貴無比，大段刪去，當然可惜之極，像《倚天屠龍記》中，張無忌童年時在冰火島上，與他為伴的那隻玉面火猴。自從指出這隻猴子被刪了之後，不知有多少人問：「那隻猴子究竟是怎樣的？」尤以青少年讀者問的為多，略講幾句給他們聽聽，已令得他們搥胸頓足不止，於是趁機向小孩子解釋什麼叫「生不逢辰」——出生太遲，未看到舊版，只好看新版，損失大極。

另一種情形是改動了的，像《天龍八部》之中，一開始鍾靈手中玩的是一條小蛇，改成了一隻小貂，叫「閃電貂」。閃電貂顯然比原來的靈蛇好，但別以為讀者會因此滿足。讀者不知原來有蛇則已，一知原來有蛇，一樣要窮根究底，想兩者兼備。這種情形，使我想起早年在鄉下時遇到過的一件事。

有一天，在鄉下，看到一個老太婆坐在田埂上，哭得極其傷心，問其故，答：「不見了三萬元。」

三萬元在那時來說，並非大數目，但也足以令一個鄉下生活貧苦的老太婆傷心的了。於是，和同行的幾個朋友，大家商量了一下，幾個人湊了三萬元：「現在我們給你三萬，你別難過了！」

以為沒事了吧？嘿嘿，老太婆拿了錢，哭得更傷心，眼淚鼻涕一起來，真是怪到不可再怪，因為看她哭的情形，實在不像是感動，而是真的傷心，再三追問之下，那位老太婆答道：「當然傷心，要是我那三萬元沒有掉，我現在不是有六萬元了嗎？」

當時，幾個人面面相覷，張口結舌，實在無法再多講得出一句話來。

金庸小說的讀者，對待金庸的作品，心態大抵類此，貪得無厭之極，知道他以前那樣寫過，雖然現在看到的，已經心滿意足，但總想看看以前也是他寫的是怎麼樣。看不到，自然心癢。

所以，像遠景那樣出了《金庸作品集》（編按：現為遠流出版），大可以再把金庸未經改動的作品再出一遍，以滿足讀者的饜求，不然這些舊版書，現在已那麼難找，金庸自己也不齊（在我這裡，拿去了兩套），再過幾年，要靠考證家去發掘，像研究《水滸傳》的人去發掘「宣和遺事」中的片言隻語一樣，那就痛苦之甚。所以，舊版書大可再印，作為寶貴的資料留存下來。

新、舊版之間還有一種情形，是像《射鵰》一樣，加了人物出來。《射鵰》的新版，一開始就加了曲靈風，當然加得極好，不但和《射鵰》以後這個人物的作為有了呼應，而且還一直聯繫到了《神鵰》之中，前後緊密連結，毫無破綻，新版甚無疑問，比舊版在結構上嚴謹得多。

但是，如前述，讀者還是想看看以前是怎麼樣的。

本來，一大段一大段，不斷比較新、舊版，倒是偷懶的好辦法，但如果真是這樣的話，只怕「一看」之後，便無以為繼了。偷懶辦法是不成的，除非出一本專集，做資料性的彙集，那又當別論。

所以，新、舊版的問題，只說到這裡為止，以後盡可能不提。

2

郭靖的祖籍

《射鵰》中最重要的人物是郭靖，郭靖是郭嘯天的兒子，郭嘯天是梁山泊好漢、賽仁貴郭盛的後代。這樣看來，郭靖的身世，不算得如何烜赫，因為郭盛在梁山一百零八位好漢之中，地位並不很高，地佑星的排名是第五十五，在小溫侯呂方之後，神醫安道全之前。當然，這無礙於郭靖日後的發展，金庸在寫到這一點時，只怕也是隨手拈來，點明一下時代的背景而已，沒有什麼特別的作用。

《射鵰》一開始，是「寧宗慶元五年」（只在舊版中有此確切年月），梁山好漢聚義時，是哲宗年間的事，相差並不是太久，大約一百年。

（南宋寧宗慶元五年，是公元一一九九年。梁山好漢是哲宗年間聚義的，確期已不可考，哲宗在位是公元一〇八六年到一一〇〇年。所以，大約一百年之說，可以成立。）

一百年，是可以算得出世代來的，大約是四代，再加上郭靖，是五代，不算是十分久遠。

郭盛是四川嘉陵人，如果根據現在對籍貫的習慣，郭靖在填寫什麼表格之際，籍貫上要填上「四川」。郭靖是四川人，這是怕很少人會想得到！但是郭嘯天說的卻是山東話，大約是在梁山泊住久了的關係？

3

六歲前的郭靖

◆完人＝偽人？

郭靖，在《我看》之中，對他的評語並不好；對一個人的評語不好，絕不等於這個人不好，這一點，必須弄得清清楚楚，不可混淆夾纏。

我把郭靖稱為「偽人」，理由是「因為世上不可能有這樣的一個完人，那是金庸塑造出來的一個偽人」。

在武俠小說之中，由作者塑造出來的偽人極多，不獨郭靖為然，只不過郭靖是書中偽人的代表。這個人有著人性中一切良善和美好，良善美好到了完全和人的天性相違背的程度。

當然，在武俠小說中，也有壞到了極點的偽人，同樣也全然沒有人性中良善的一面。

人性其實是極複雜的，在一個人的成長過程之中，不論這個人是帝王將相，或是販夫走卒，錯綜複雜的人性，總是交錯著，影響著這個人的行為。絕大多數人，基於生物求生的本能，都是自私的，在很多情形下，都先考慮到自己的利益，行動小，可以小到在等公共汽車時硬擠上去搶先；行動大，可以大到禍國殃民。全是從個人利益出發而造成的行動。

正由於人有這樣的生物本性，所以才需要不斷教育。小，可以使人懂得搭公共汽車要排隊、要謙讓；大，可以使人知道國家民族之重要，一己犧牲行為的值得。一切都是從教育而來，不是天生的，而且，一個人以後性格的發展如何，和他的童年生活有很大的關聯。一件小事，可能在一個兒童的心目中，留下很深的烙印，影響他以後一生的行為。

郭靖何以會成為如此這般的完人，當然也應該和他的童年有關。

（另一個金庸作品中的重要人物韋小寶，就是由於童年生活而養成了他以後一生的性格行為的，所以看看郭靖的童年生活，大大有助於對郭靖的了解。）

◆受母親和江南七怪影響

郭靖沒有見過自己的父親，所以受郭嘯天的影響等於零，對郭靖影響最大的人，是他的母親李萍和江南七怪。令人覺得奇怪的是，《射鵰》一開始，對李萍寫得極少，寫得多的是楊康的母親包惜弱，而楊康的性格，卻又絲毫未受他母親的影響。包惜弱這個女人，是《射鵰》中一大關鍵人物，下面會有專論。

在臨安牛家村陡生巨變之後，大段文字也只寫包惜弱和完顏洪烈，李萍下落不明，一直到江南七怪和丘處機在嘉興醉仙樓大戰之後，才寫到她被段天德關在「全捷第二指揮所」中，接下去，就是丘處機和江南七怪打賭，一家教養一個孩子。

這個打賭的決定，對郭靖影響極大，江南七怪，七個江湖人物，成了影響郭靖童年的監護人，不但負責教他武功，也自然而然使郭靖的性格，受他們七個人的影響。

江南七怪在《射鵰》中的地位重要，由此可知，因為郭靖可算是他們養大的，他們的性格、行動、言語，都是郭靖學習的典範。

江南七怪實在不是什麼出色的人物。他們七個人，給郭靖印象最深的，自然是他們相互之間的友情和義氣。這一點，從郭靖長大之後為人來看，是顯而易見的，雖然江湖上人都講義氣，武俠小說中的正面人物也都講義氣，但郭靖的特重義氣，顯然是從江南七怪那裡學來的。

江南七怪，七個人各有其怪裡怪氣的脾氣，不然外號上也不會帶一個「怪」字了，可是郭靖卻一點也沒有沾染到他們的怪氣，郭靖這傻小子天生有鑑別能力，只接受好的影響，不接受壞的影響？殊不可解。

李萍的性格極其堅韌，從家遭巨變，一路和段天德北上，不斷與段天德爭鬥，一直到雪地產子為止，都可以看得出來，她不但堅毅，而且倔強之極，郭靖的性格與之十分相近，何況自此以後，她是郭靖的唯一教導者。

很令人不明白的是，段天德為什麼要一直帶著李萍向北逃？段天德這個武官，本來在書中一點也不重要，但是正由於他一直帶著李萍向北逃，所以才使李萍在大漠落了戶，使郭靖從小在大漠長大，和蒙古人發生了種種關係，這一點，又十分重要。所以這是一個《射鵰》全書的關鍵問題。

可是這個問題，偏又寫得十分模糊。

段天德去攻打牛家村，自然是受了完顏洪烈的主使，書中並未明寫，是從段天德的自怨自艾中看出來：

「老子當初在杭州做官，雞肉老酒，錢財粉頭，那是何等快活，沒來由的貪圖了人家銀子，到牛家村去殺這賊潑婦的惡強盜老公，卻來受這活罪。」

完顏洪烈為了要得到包惜弱，不惜用計，段天德是他的工具。

可是完顏洪烈要的是包惜弱，絕不是李萍。段天德後來逃亡向北，江南七怪又隨後追了來，何以他不捨了李萍自己一個人逃，非要帶著李萍不可？而且他和李萍在一起時，並非佔盡上風，而是：

……變成了甩不脫、殺不掉的大累贅，反要提心吊膽的防她來報殺夫之仇，當真苦惱萬分。

在這樣的情形下，段天德為了達到使郭靖日後可以在大漠長大，還是硬把她帶著向北走，實在說不過去。

在舊版中倒有一句交代，但一樣說不過去！

如一人逃走，又怕李萍向對頭洩露自己行跡。

那時江南七怪在追，段天德帶了李萍，更易被發現，拋了李萍，遠走高飛，江南七怪也難找他，所以段天德的行動，是小說情節上的刻意安排；要不是有段天德帶著，大腹便便的李萍，不會北上到大漠定居，給江南七怪找到了，「滿口江南市井俚語」的江南七怪，也不會把郭靖母子帶到大漠去，《大漠英雄傳》云乎哉，連書名也沒有著落了。

所以，段天德儘管不敢回臨安，大有地方可去，而且可以撇下李萍不管，還是要帶著李萍北上。

這本來是小節，但由於對全書關聯太大，所以還是值得提出，且表過不提，再看郭靖童年的遭遇。

◆英雄思想的種子

李萍帶著郭靖，在蒙古人聚居的大漠之中住了下來。這是一件十分困難的事，但小說中情節，絕對可以這樣寫。那時，江南七怪未至，郭靖幾乎全然不和蒙古人來往，母子相依為命，他在六歲之前所受的影響，可以說只來自母親一人。

兒童自小接觸的人少，會少了一份機靈，所以郭靖有點獃頭獃腦，「直到四歲時才會說話」。

郭靖四歲才會說話，其實無關他的資質，而是和他的生活環境有關，人學習語言，是先學會聽，才學會講。聽得多了，講也容易學會，郭靖大多數時間只和他母親在一起，聽話的機會少，學會講話當然也慢，這是一種自然現象，不足為奇。

李萍在那六年之中，是用什麼方式來教育郭靖的？書中寫得不多，但是必然有她的一套，使郭靖自小便有英雄思想的幼苗。

（在這裡，新舊版有一個極大的差別，舊版稱：「匆匆數年，孩子已經六歲了。……這孩子生得筋骨強壯，聰明伶俐。」）

所以金庸花了那麼多時間來刪改他的作品，基本上還是精益求精的，當日寫到小郭靖六歲時，日後郭靖怎樣發展，還只是一個概念，後來郭靖發展成了這樣的一個人，童年時「聰明伶俐」四字的考語，自然非刪除不可了！

可以做一個小結，六歲之前的郭靖，在大漠生活，幾乎沒有和外人有接觸，母子兩人孤獨地生活，一切的語言、行為，要摹倣，唯一的摹倣對象就是他的母親，而他的母親是一個性格十分堅毅的人，所以郭靖在這一方面，受了極大的影響，得到了英雄思想的種子。

4 六歲以後到少年的郭靖

◆欽仰戰敗的哲別

在郭靖六歲那一年，發生了一件足以影響他一生運命的大事。那天，他在牧羊時，遇上了蒙古各族之間的一場激烈戰爭。而郭靖對這場戰爭的敗方，神箭手哲別，產生了欽仰之意。

李萍一定講了不少英雄豪傑的故事給郭靖聽，在六歲的郭靖心目中，一定要先有了英雄的形象，才會產生對英雄的崇仰。

小郭靖在這場大戰之中，不崇仰戰勝的鐵木真，而欽仰戰敗了的哲別，一部分原因是由於人的天性之中，有同情弱方的性格。另一方面的原因，是李萍的教導。

哲別當時敗得很兇：

那黑袍將軍箭無虛發，當者落馬，一口氣射倒了十餘人。

而：

郭靖躲在樹叢中遙遙望見，小心靈中對那黑袍將軍好生欽仰。

六歲的一個小孩，一直與牛羊、母親為伍，乍見這樣慘烈的廝殺——這一場仗，鐵木真把泰亦赤兀的部下殲滅了一大半，是一場屍橫遍野的殘殺！而郭靖看了之後，居然一點也不害怕，反而「眉飛色舞」，膽氣之壯，自然也不是普通孩子所及，這只好說是他的天性。

必須指出的是，這時郭靖還小，也不知交戰雙方是什麼人，他的欽仰，是沒有是非觀念的，他只是欽佩哲別在災難之中，還能擊倒對方而逃走。

這一點，和李萍當年千辛萬苦逃走相似，所以可以肯定，李萍對當年自己如何逃走的經過，必然不止向郭靖講了一次，所以郭靖的小心靈中，印象十分深刻，便對相類情形的哲別，起了欽仰之心。

後來，郭靖又救了哲別，追兵來時——被打得滿頭是血，他不會說謊，只是說「我不說」，而不說「不知道」。郭靖不會說謊，寫得極其自然。

說謊，本來是人和人發生關係之時，一種為了保護自己利益或想由對方身上得到利益的一種手段。人開始說第一次謊時，一定是基於這個原因。郭靖自小的生活極簡單，李萍又絕不會因為什麼事而苛責他，所以郭靖的童年，完全毋需利用說謊這個工具來保護自己，也無法用說謊這個工具去得到什麼利益，郭靖不會說謊，和他的童年生活有極大的關係。

小郭靖為了幫助自己欽仰的人，受了毒打之後：

心裏怒極，激發了天性中的一股倔強之氣。

這一來，大大投了大汗鐵木真的所好，把他帶著，使郭靖和蒙古人正式發生了關聯，而且那還不是普通的蒙古牧民，而是大有權勢的上層人物！

郭靖後來統兵打仗，指揮若定，自然和這一段日子的生活大有關係，打仗是家常便飯，再「斲頭斲腦」，也看會了！

後來，郭靖和拖雷結拜，和拖雷一起與別人打架，交情更深一層，打下了日後險些被蒙古公主招了駙馬的基礎，那是他一生的大轉機。可是這一段日子，對他的性格並未發生多大的影響，他並沒有蒙古人脾氣，這一點可說相當怪，但金庸既然有意把他塑成一個完人，自然不可叫他學蒙古人，應該有影響的，也變成沒有影響了。

◆江南七怪：陪襯角色

及至江南七怪再次出現，一上來張阿生就死在九陰白骨爪之下，郭靖恰好在這時撞了來，劇戰之中，銅屍陳玄風竟然死在他的匕首之下。

江南七怪變成了江南六怪，郭靖也開始了他的少年生涯。這樣過了七年，對一個人一生最重要的一段日子，《射鵰》中寫得極簡單，從「江南六怪就此定居大漠……」開始，到「郭靖已是個十六歲的粗壯少年」止，只佔一頁。一頁之中，也只說郭靖學武功笨。郭靖後來得窺絕頂武功，顯然他並不笨，只是江南六怪自身武功低微，也不懂怎樣教人之故。

在由兒童到少年的過程之中，是一個人最容易接受外來影響的時刻，但郭靖也沒有受江南六怪多大的影響，這自然是金庸心中早已有了郭靖應該是怎樣一個人的設想之故，江南六怪只不過是一個引子、一個陪襯而已。

郭靖能登堂入室，成為武學高手，江南六怪一點功勞也沒有，是從他不怕死，爬上了峭壁，見到了全真教高手之後，才開始的。

可是江南六怪已和郭靖相處十餘年，從小到大，見郭靖有了內功根底，反倒大起疑心，就差沒有私設公堂，朱聰甚至沉臉喝問：「還要說謊？」甚至懷疑到梅超風教了郭靖武功來殺他們，真是豈有此理之極，此所以江南七怪，始終至多只是中下人物而已！

5 動人的一段情

江南六怪在郭靖成長之後，在全書之中，引子的作用一過，幾乎已沒有什麼用處了，一直只是偶然出現一下，陪襯一下，一直到除了柯鎮惡之外，全數死在桃花島上為止。沒有死的柯鎮惡，後來在《神鵰》中還要欺負楊過，並不叫人喜歡。

但在七人之中，有兩個人，金庸用極淡的筆墨，寫他們之間的感情，倒極其動人。

這一雙兒女，男的是張阿生，女的是韓小瑩。

張阿生是一個胖子，外號笑彌陀。本來，胖不胖不要緊，胖子脾氣好起來，也很能得女孩子喜歡。可是張阿生卻實在叫人不敢恭維，照他一出場的那副德性，真該他一輩子交不到女朋友：

……身材魁梧，少說也有二百五六十斤，圍著一條長圍裙，全身油膩，敞開衣襟，露出毛茸茸的胸膛，袖子捲得高高的，手臂上全是寸許長的黑毛……

這種樣子的男人，簡直和猩猩差不多了，而且，還不是一個乾乾淨淨的猩猩，是一個油膩骯髒的猩猩！

偏偏這樣的張阿生，暗戀著越女劍韓小瑩，韓姑娘的樣子是：

……大約十八九歲年紀，身形苗條，大眼睛，長睫毛，皮膚如雪……一頭烏雲般的秀髮。

韓小瑩是個典型的江南水鄉佳麗，金庸解釋說，韓小瑩早知張阿生暗戀她，只是：

她生性豪邁，一心好武，對兒女之情看得極淡。

這是形容一個男人的話，如《水滸傳》中的好漢，只知打熬身體，不近女色之類，用在韓小瑩身上，實在很怪。而張阿生暗戀韓小瑩，不知有沒有至少把自己弄得乾淨一點？張阿生也真是苦惱：

這些年來對韓小瑩一直心中暗暗愛慕，只是向來不敢絲毫表露情愫。

偏偏兩個人又成日在一起，韓小瑩也不好過：

五哥對自己懷有情意，心中如何不知。

這段戀情並沒有發展下去，也無法發展，因為韓小瑩就算不是一心向武，只怕也不會愛張阿生，不是說張阿生人不可愛，比起其餘各人來，張阿生最可愛了，但金庸筆下，寥寥幾筆，就令人覺得這一雙男女不可能互相戀慕，至多只是單戀。

這是金庸運用文字的功力，在金庸小說之中，這種落墨不多、白描式的描述相當多，都極其生動、感人，勝過他人的長篇大論。

結果，在和梅超風的激戰之中，張阿生為了救韓小瑩而死，韓小瑩在他臨死之交說：

「五哥，我嫁給你做老婆罷，你說好嗎？」

這「你說好嗎」四字，大可不必，因為張阿生的心意，韓小瑩早已知道。張阿生臨死，用扇子般的大手，撫摸韓小瑩的秀髮，此情此景，真是動人。

6 深沉的一段情

◆無從解釋的情緣

《射鵰》中另有一段男女之情，極其深沉，也極其重要，牽動了全書的情節發展。

這一對男女，男的是完顏洪烈，女的是包惜弱。

完顏洪烈是大金國的六王子，本身絕不是麻子跛腳，就算是，也不要緊，以他大金國王子的身分，還怕沒有美女麼？他到大漠，受蒙古人招待時就：

……大為高興，看中了兩個女奴，心中只是轉念頭，如何開口向王罕索討。

（編按：新版中此處是指完顏洪熙，而非完顏洪烈。）

由此可知，其人並不是什麼情聖型的人物，而是一個仗勢風流慣了的王孫公子。王孫公子看到了民女，驚於民女美貌，想染指一嘗的，自然大有人在，但像完顏洪烈那樣，一見之後就真正喜歡，而且一直喜歡下去的情形倒不多見。

（在《飛狐外傳》中，福康安見了馬春花，勾引馬春花，就沒有什麼情意在。）

完顏洪烈對包惜弱真是十分好，撇開民族、氣節、傳統道德不論，單就男女之間的愛情而言，完顏洪烈對包惜弱可以說是一往情深之至，連帶他愛屋及烏，對楊康也十分好，絕無歧視。

當然，可以說包惜弱曾經救過完顏洪烈，但是完顏洪烈並不是什麼天性仁厚之人，人家救不救過他，在他的心中不見得會佔多少分量。他對包惜弱好，並不始亂終棄，是他真的喜歡包惜弱。

包惜弱在被完顏洪烈看中之際，只不過是一個農家少婦，而且還有了身孕，完顏洪烈又不是未見過美女的人，這種情緣，實在無從解釋。

本來就是這樣，男女之間喜歡起來，愛起來，是全然沒有道理可講的，只好說是「前生」的因果罷了。

再來看看包惜弱的反應，也十分有趣。

包惜弱絕不是不愛她的丈夫，楊鐵心「死」了之後（她以為楊鐵心死了），她也傷心欲絕。這時，一手導演的完顏洪烈出現，包惜弱傷勞過度，發高燒，醒來之後，完顏洪烈告訴她丈夫已死，她傷心大哭，又昏死過去，可是在這樣的情形下，她立即對一個年輕男子的挑逗言語極其敏感。

完顏洪烈說了一句「天緣巧合」，若換了是李萍，根本不會在意，但包惜弱：

臉上一紅，轉身向裏。

美貌少婦躺在床上，臉上一紅，轉身向裡，此情此景，毋乃太誘人了乎？

在這裡，要說明的是：絕無半分非議包惜弱之意，包惜弱是一個感情十分豐富的人，看了雞鴨都不捨得殺，大凡感情豐富的人，由於心地軟，在男女感情上也每多糾纏，不容易硬起心腸來堅拒對方的要求，就容易跌入感情的陷阱之中了。

包惜弱後來和完顏洪烈假充夫婦投店，心中「惴惴不安」，換衣服之際，穿到內衣，「想到是顏烈親手所買，不由得滿臉紅暈。」

這一句簡單的形容，寫女人心理，真是到了無可再細膩、無可再深刻的地步。金庸小說中這一類的神來之筆極多，只是一兩句話，但是把前因後果連起來看，設想當時的情景，就可以知道不知有多少言語未曾寫出來，但正不必寫出來，才極盡妙處。

後來，包惜弱「思前想後，真是柔腸百轉」，她一直只是在「想」，到了知道完顏洪烈的身分之後，事情應該告一了結了。若是照《貞女傳》、《烈女傳》上的標準來說，包惜弱殺不了完顏洪烈，也該自殺。

可是包惜弱不是那種道德規範框框中的女人，她是她自己，她是一個感情豐富的女人，對包惜弱而言，楊鐵心甚至不是好丈夫，完顏洪烈讚包惜弱美貌，她就立時想到自己丈夫從來未曾這樣讚過她，因而內心竊喜。

包惜弱知道完顏洪烈的身分之後，反應是：

心頭思潮起伏，茫然失措，仍是默然不語。

她「思潮起伏」想的是什麼？「茫然失措」又是為了什麼？其實她並不是真的茫然失措，她的性格已決定了她一定會怎樣做，「茫然失措」也者，只是拋不下從小所受的道德規範的教育而已。所以，結果是完顏洪烈帶回包惜弱，「連夜向北，回金國的都城燕京而去」！

等到包惜弱再出場時，已是大金國王妃：

……隨完顏洪烈北來，禁不住他低聲下氣，出盡了水磨功夫，無可奈何之下，終於嫁了給他。

這一段描述包惜弱遭遇的文章之中，「無可奈何之下」一句，還是站在世俗立場上，想為包惜弱開脫一下的說法。而事實上，包惜弱不嫁完顏洪烈，還上哪兒去找這樣愛她的男人？

一個女人，一生之中，能遇上這樣愛自己的男人，真是天大的幸運！

撇開人品不論，完顏洪烈對包惜弱的愛情，真能令天下女人羡慕。以他的地位而論，包惜弱全然沒有反抗的餘地，他居然還「低聲下氣，出盡了水磨功夫」，用這樣的方法，以他的容貌地位，去追求任何女人，都可以穩獲芳心，包惜弱豈是「無可奈何」乎？

◆愛情上的寬容

在男女之情上，完顏洪烈還有最難能可貴的一點，就是他能容忍包惜弱思念前夫，房中布置，全是舊時一樣。一個男人若不是在愛情上有寬闊的胸襟，絕無法忍受這一點，而完顏洪烈為了投自己所愛的人之所好，居然不以為忤，真是難得。

完顏洪烈對包惜弱「十餘年來用情良苦」。包惜弱重逢楊鐵心，隨夫自盡，世俗的道德觀戰勝，但這真是她這樣遭遇的女人的真心想法，還是作者像「在無可奈何之下」一樣，用道德、民族、忠奸的觀念在干涉愛情，而在替她開脫？

這個問題，只怕爭也爭不出結論來，只好各憑性格去設想了。

完顏洪烈和包惜弱的這一段情，在金庸作品之中不是很為人注意，但實實在在，極其動人，而且留了不知多少餘地去給讀者想像。

可以想：包惜弱在這十八年來快樂嗎？她應該快樂，有一個男人這樣愛自己，望著兒子在富裕的環境下長大，還可以由得自己心意去懷念以前的丈夫，作為一個女人，那還不幸福快樂嗎？

也可以想，在完顏洪烈用盡了「水磨功夫」，包惜弱終於答應了時的情景，噫！那是極度的旖旎風光！

更可以想，在那十八年之中，完顏洪烈花了多少心思去討包惜弱的歡心。

作為一個對心愛的女人，愛得如此之深的男人而言，完顏洪烈是上上人物。

作為一個感情豐富的美女，包惜弱也是上上人物。

楊鐵心不可愛，如果他是真愛包惜弱，就算知道了她的下落，也該飄然遠去，不該再去打擾她。不過，楊鐵心做不到這一點，楊康更做不到，一直要到第三代的楊過，大概可以做得到。結果，包惜弱死了，完顏洪烈傷心欲絕，堪稱悲劇。

◆楊康的成長

完顏洪烈和包惜弱之間的感情，還牽涉到一個十分重要的問題：楊康的成長。而楊康的一切，又影響到了《神鵰》中的楊過，所以關係重大，非同小可。

楊康自小在王府中長大，而且，顯然不知道自己真正的身世，完顏洪烈當然不會說，他愛屋及烏，對楊康十分好，而且也真是有感情的，這可以從楊康已知道自己的身世之後，完顏洪烈待他依然如舊這一點上，得到證明。包惜弱為什麼也不對楊康說明他的身世呢？

從郭靖的孩提時代開始，李萍就不斷向郭靖提及金人的兇殘，家破人亡的血海深仇等等，使得這一切在郭靖的心中，留下了深刻的印象。但包惜弱顯然一點也未曾向楊康提及過。

包惜弱不向楊康提及這一切的原因，只有一個：維護完顏洪烈。包惜弱對楊康不能算了解，在她的想法是，如果楊康知道了自己的身世之後，他和完顏洪烈「父子」之間的感情，一定會大受影響，所以她才絕口不提的。

在這裡，還有一點值得探討之處。

楊康是一個聰明人，自小也一定聰明伶俐，他對於母親房間中的陳設這樣怪異，就算沒有任何疑心，單單為了好奇，也應該問一下「為什麼」的。

當楊康這樣發問的時候，包惜弱如何回答呢？既然不能透露真相，必然要設辭應付。以包惜弱的智能而言，要撒一個謊，騙騙兒童時期的楊康，是可以騙得過去，但是要騙少年時期的楊康，只怕已是不能。連郭靖、黃蓉一見到包惜弱的屋子，也都「……暗暗稱奇：『這女子貴及王妃，怎地屋子裏卻這般擺設？』」楊康若是不奇怪自己母親何以如此，真是沒有道理之至了。

是不是楊康早已知道了母親的秘密，但是因為他夠精明，知道說穿了對自己沒有好處，所以也假裝不知，和包惜弱爾虞我詐呢？很有這個可能，因為後來，楊鐵心闖了進來，楊康又來到，非但堅持要進來，而且還挺槍刺櫥，在他未曾見到楊鐵心之前，就這樣責問他母親：

「那為甚麼很多事你瞞著我？」

請注意楊康的語氣，是「很多事」，並不是單指櫥中有人而已。

而當包惜弱說出了他身世的秘密之後，楊康的反應是：

驚疑萬分，又感說不出的憤怒。

「憤怒」的反應十分奇特，那是因為多年來，他一直以為已然心照不會拆穿的秘密，在他母親的一方忽然提了出來，令得他在剎那之間，感到難以自處的一種反應。

而且，楊康隨之而來的行動，也可以證明他對包惜弱的秘密早已心中有數，他一見楊鐵心，包惜弱告訴他：「你爹爹就在這裡！」

任何人在這種情形下，聽得自己母親這樣說法，不管心中感覺如何，都一定要弄清楚了再說的。但楊康正由於心中早就有數，所以他在這樣的情形下，只想快速了當把問題解決，再也不提起，仍然過和以前一樣的日子。所以他才：

提起鐵槍，「行步蹬虎」、「朝天一炷香」，槍尖閃閃，直刺楊鐵心咽喉。

他的目的是一下子殺了楊鐵心，使得秘密又成為秘密！

關於楊康的各種心態，金庸寫得十分隱晦，並不明顯；在舊版中，寫楊康的反應只是「驚疑萬分」，並沒有「又感說不出的憤怒」。加上了這一句，自然使本來十分隱晦的寫法，變成了五分隱晦，讀者比較容易了解。而了解到這一點相當重要，因為那和楊康的性格、為人行事，有很大的關係，才使得後父完顏洪烈和楊康的關係延續下去，不致突變。同時，對楊康的深謀遠慮、心思縝密，也如畫龍點睛，此所以以後，連歐陽克這樣的高手，都不免吃了他的大虧。

7

楊康

◆真正父子般的感情

既然在上段已經提到了楊康，就索性連講下去。

楊康是一個聰明人，在榮華富貴和江湖忠義之間，選擇了榮華富貴。如果他的王子身分，不是金國的王子，問題可能還沒有那麼嚴重，是金國的王子，那又牽涉到了民族立場問題。

楊康做出了他的選擇，在小說中，當然成了反派人物，且不論他以後的種種作偽、作惡，單就他這一項選擇而論，實在是普通人都會做出的選擇。丘處機罵他：

「無知小兒，你認賊作父，胡塗了一十八年。」

丘處機這樣罵楊康，自然不公平。在他知道了自己的身世之後，做出了選擇，到那時起，才是認賊作父。在過往的十八年之中，他出生在王府，母親改嫁，又對他隱瞞了身世，怎能怪他？

而且，在責怪楊康的行為之際，不能夠忽略人與人之間的感情。

楊康雖然是楊鐵心的親生兒子，但是他對楊鐵心絕沒有絲毫情感可言，一直長到十八歲，才知道世上有這樣的一個人。

楊康和楊鐵心之間，除了血緣關係之外，沒有任何其他關係可言。

但是他和完顏洪烈之間，感情卻極其深厚。完顏洪烈對楊康十分好，盡到了一個父親對孩子的熱愛，完顏洪烈這個人，感情一定極豐富，在楊康不知自己身世之際對他好，在楊康知道了自己身世之後，也一樣對他好，而且絕無懷疑之心。楊康的童年、少年、青年時期，全是在完顏洪烈真心真意的呵護之下成長的，在楊康的心目中，完顏洪烈才是真正的父親。

金庸在這一點上，沒有明寫，一般讀者如果考慮不到這一點的話，對楊康很不公平。

楊康在面臨抉擇之際，金庸這樣寫：

……不由得向楊鐵心看去，只見他衣衫破舊，滿臉風塵，再回頭看父親時，卻是錦衣玉飾，丰度俊雅，兩人直有天淵之別。

這時，楊康已有九成相信楊鐵心是自己親生父親（聽了母親之言信八成，丘處機一喝，又多信了一成，一共是九成），可是他在看兩人的時候，一個是「看楊鐵心」，一個是「看父親」，在這裡，金庸約略點了一下楊康對完顏洪烈的感情，但是隨即，卻又沒有進一步寫出這一點來！

完顏康心想：「難道我要捨卻榮華富貴，跟這窮漢子浪跡江湖？不，萬萬不能！」他主意已定……

金庸只寫了「窮漢子」和「榮華富貴」的對比，完全不提還有感情上的因素。掉換一種情形來看，如果楊康對楊鐵心有深厚的父子之情，對完顏洪烈沒有，他選擇了完顏洪烈，那自然是百分之百的認賊作父，品性壞到了極點。現在這樣的情形，忽略了楊康的感情，只是一味像丘處機這樣的責罵，自然不公平。

再說，楊康那年十八歲。任何一個十八歲的青年，一直對自己的父親感情極好，忽然冒出了一個陌生人來，是自己的親生父親，能有立時不要養父要親父的決定麼？只怕不能！

說了很多楊康和完顏洪烈父子之間感情深厚的話，可能會有人不服，你怎麼知道他們兩人感情好？

我當然不知道，但金庸是這樣寫著的，不信，請看這一段：

郭靖與黃蓉聽他（楊康）叫完顏洪烈作「爹爹」，語氣間好不親熱。

再看這一段，是在楊康中毒之後的事，地點是在鐵槍廟中：

完顏洪烈走到歐陽鋒面前，突然雙膝跪地，叫道：「歐陽先生，你救小兒一命，小王永感大德。」

當楊康中毒快死之際，完顏洪烈不顧自己身分之尊，向歐陽鋒跪求，「突然」兩字用得好極，因為完顏洪烈為了楊康，肯受這樣的屈辱，是在場各人誰也料不到的事，「突然」是寫眾人心中的驚愕。

如果完顏洪烈不是對楊康真有父親對兒子一樣的感情，他怎肯這樣去求歐陽鋒？

而更難得的是，楊康在中毒之後，變成瘋狂，抓了沙通天一把，沙通天立時中毒，而且瘋勢加劇：

此時楊康神智更加胡塗，指東打西，亂踢亂咬，眾人見了沙通天的情景，那裏還敢逗留，發一聲喊，一擁出廟。

在這之前，楊康在神智昏迷中，曾經：

指著完顏洪烈叫道：「你又不是我爹爹，你害死我媽，又想來害我！」

（這一段「瘋言」，是表達楊康的潛意識，十分重要，也可以反證楊康並非如一般讀者所想「壞透了」的人，下文會加上其他的例子，詳加分析。）

楊康這樣罵完顏洪烈，自然令得被罵的人傷心，再加上他又發了瘋，誰叫他碰到了，都會中毒，並且無藥可救，可是在出了廟之後的情形是：

完顏洪烈跨出廟門，回過頭來，叫道：「康兒，康兒！」楊康眼中流淚，叫道：「父王，父王！」向他奔去，完顏洪烈大喜，伸出手臂，兩人抱在一起。

在這樣的情形下，完顏洪烈仍然肯與楊康「抱在一起」，除了證明完顏洪烈對楊康的感情深厚已極之外，還能證明什麼？

直到後來，楊康「張開了口，露出兩排白森森的牙齒咬將過來」，完顏洪烈才逃走。這時，別說完顏洪烈，就算抱住楊康的是楊鐵心，也不能叫楊康咬上一口，一樣會逃走者也！

所以，可以得出這樣的結論：楊康和完顏洪烈之間，有著真正父子般的感情。

◆環境的犧牲者

所以楊康在需要抉擇之際，兩頭的分量是：

一面：父子親情，榮華富貴。

一面：民族大義，血緣關係。

楊康不是聖人，只是一個普通人，他選擇了前者，成了壞人。

在楊康做了選擇之後，並不是心中再無矛盾了，他在中毒之後，忽然跳起來罵完顏洪烈，就是他心中矛盾猶豫的結果。

而他實實在在，事後曾思索過自己的抉擇，那時他的身分是「大金國欽使」：

……正是小王爺完顏康。只見他手中拿著一條黑黝黝之物，不住撫摸，來回走動，眼望屋頂，似是滿腹心事。

楊康手中拿的是楊鐵心的遺物，黃蓉看了，以為他是在想穆念慈。事實上，楊康是在猶豫、思索。雖然引致他做決定的兩端，輕重懸殊，他還是在做考慮，並不是沒有重新抉擇的可能。只可惜所有的人，已經認定了他是壞人，他得不到任何幫助！

楊康對穆念慈雖然玩弄了一些手段，但他倒是真的喜歡穆念慈的，他為了穆念慈，殺歐陽克的那一段，真是驚險之極，把楊康的機智、為自己心愛的人不惜冒生命之險的勇敢，表現得淋漓盡致。

歐陽克武功高強，來頭更大，楊康一見到穆念慈在險境，連猶豫都沒有猶豫，就決定要冒生命之險去救穆念慈。

試想一想，若不是楊康不顧一切救了穆念慈、程遙迦，這兩個女子的下場會如何？陸冠英的下場如何？連身受重傷的郭靖，正在全神療傷的黃蓉也不得了，歐陽克已經「哈哈大笑，叫道：『黃家妹子，你也來罷。』」正是由得他荼毒，黃蓉或者不至於死，郭靖一定性命難保了。所以，楊康冒自己生命之險，實在救了不少人，他終於因此而種下了自己的死因。在他死的時侯，人人都說他死有餘辜，豈是公平？旁人還好，黃蓉最恨楊康，也最沒道理，把當日楊康殺歐陽克解危一事，全都忘記了！

總結來說，楊康是一個環境的犧牲者，在和楊康一生有關的人中，最混帳的是長春子丘處機。丘處機在楊康七歲那年，就已經找到了他：

「楊君子嗣，亦已於九年之前訪得矣。」

那年郭靖十六歲，郭靖、楊康同年，九年前，楊康七歲，丘處機已找到了他。可是這個丘老道，既然「楊君子嗣已訪得」，卻不告訴他的身世，仍然留他在金國的王府之中，這不是逼楊康在這樣的環境之下做人麼？又怎能怪楊康認賊作父？丘處機後來還大言不慚罵楊康「無知小兒，認賊作父一十八年」，不知應該怪他還是怪楊康？

楊康七歲那年，當然只是一個聰明的小孩子，就算滑頭調皮些，兒童是白紙，染以紅則紅，染以黑則黑，丘處機若是把楊康自王府帶出，送到重陽宮去學藝，教養他成人，怎會有以後那麼多事？可是丘處機卻只記得打賭這種小事，真正不是東西！

全真教的道士中，不是東西的很多，欺負楊過，打死孫婆婆，侮辱小龍女，真不是東西！

楊康是這樣的一個人，後來郭靖、黃蓉不顧一切因素，認定楊康壞到不能再壞，那是黃蓉的差、郭靖的偽所造成的結果。

楊康是一個悲劇人物，格於環境的犧牲者。他有著人性的劣點，也有著人性的優點，本來是金庸筆下寫得極成功的一個人物，但是讀者一直受了黃蓉的影響，把他簡單地當成了一個壞人，這是一件十分可惜的事情。也辜負了金庸的生花妙筆。

楊康，是悲劇人物。

8

消失了的秦南琴

秦南琴是什麼人？問只看過新版《射鵰》的人，一定目定口呆，答不上來。因為，這個人在金庸改寫《射鵰》之際，把她刪去了。

本來，秦南琴在舊版《射鵰》之中，也不是什麼重要人物，出場的時間甚短。她是廣東人，捕蛇為業，和她一起出現的，還有一隻十分有趣、在火中洗澡的血鳥。秦南琴和她爺爺相依為命，後來被鐵掌幫的人捉了去，裝在一只竹簍裡，送給了楊康，楊康見她美貌，「獸性發作」把她污辱了。

後來，秦南琴遇到了郭靖、黃蓉，說出了經過，就獨自悄然南下，自此再也沒有提起。

這樣一個出場甚少的人物，刪不刪都不成問題，也不必專門再提。可是這個人物，卻牽涉到一位大英雄大豪傑，引出日後驚天地泣鬼神的《神鵰俠侶》中的主角楊過的身世，是以非提一下不可。

本來，楊過的父親是楊康，母親就是這位被楊康在獸性大發之後侮辱了的秦南琴。在舊版《射鵰》之中，穆念慈始終未和楊過有過關係。

秦南琴的身世遭遇極其可憐，對楊過的童年會有一定的影響，而且她會捕蛇，捉蛇的本領一定也教了楊過。

從秦南琴被整個刪去這一點來看，金庸改寫他的作品，極其認真，真是花了不少功夫下去。秦南琴消失了之後，穆念慈就只好上陣：

「我……我跟他做了夫妻，可是沒……沒有拜天地。只恨我自己把持不定……」

後來，穆念慈也黯然一人回江南去了。

於是，楊過的母親，就變成了穆念慈。

連楊過這樣大人物的母親都換了人，可知金庸的改寫程度，何等之大。

秦南琴在舊版《射鵰》中，雖然出場不多，但金庸把她寫得很好，給人以一種十分冷的感覺。以下是這個消失了的人物的簡單描述：

郭靖回頭，見南琴披散頭髮，站在月光之下。她這副模樣，倒有三分和梅超風月下練功的情形相似……這少女的膚色極白……這時給月光一映，更增一種飄渺之氣。

在她受了楊康的污辱之後，她向黃蓉、郭靖敘述起經過時：

南琴神情木然，說的似乎只是一個與她毫不相干之人的事。

秦南琴和穆念慈截然不同，新版中穆念慈在敘述經過時，就「神情淒苦」、「緊緊咬住了下唇，眼中發出奇異的光芒」、「切齒」，一副愛恨交織的模樣。穆念慈是愛楊康的，秦南琴則對楊康一無認識，純粹是一個被暴力污辱了的少女。

所以，楊過的母親是誰，相當重要，因為這兩個女人對楊過的態度，一定截然不同。

楊過若是秦南琴所生，秦南琴對楊過就冷漠，甚至還會有憎恨。楊過若是穆念慈所生，穆念慈雖然恨楊康，但也愛楊康，而且，她是自己心甘情願的，就算再恨楊康，也不會把恨意轉嫁到楊過身上去。

不同的母親，會使楊過有截然不同的童年生活，由於全世界讀者無有不愛楊過者，所以這實在是一個值得令大家關心的問題！

9 難以解釋的一段情節

還有就是，到最後，華山論劍下來，黃蓉、郭靖再遇到了秦南琴（舊版）或穆念慈（新版），其時楊過已然出世，郭靖替孩子取名字，也是這時取的。

在這上頭：

楊過的母親是秦南琴，郭靖在替孩子取了名字之後，「贈了百兩黃金」，黃蓉「贈了一串明珠」，就此別過，已經不是很說得過去，但還勉強可以。說不過去的是，郭靖既然一直念念不忘楊康，知道楊康有後，那是自己子姪一樣，而且發現秦南琴時，南琴被壞人綁住了手腳，險些被辱，可見處境甚險，對故人之子，「明珠一串」、「黃金百兩」就算了事，自然說不過去，應該攜之同行才對。但由於郭靖和秦南琴沒有什麼深交，倒也還勉強可以說得過去。

可是楊過的母親若是穆念慈時，那就萬萬說不過去，因為穆念慈是楊鐵心的義女，是郭靖的義妹，關係又深了一層，那時郭靖、黃蓉到襄陽去，為什麼不帶了穆念慈、楊過同行，而要「勸她回臨安去」？在新版中，甚至「黃金百兩」、「明珠一串」也沒有了，變成了「不少銀兩」，金變銀，打了大大的折扣，這又是什麼緣故？是黃蓉那時就不喜歡楊過嗎？郭靖再不通人情世故，也不該想不到要從小照顧楊過。黃蓉聰明絕頂，自然更應知道穆念慈武功低微，帶了一個孩子，流落江湖，兇險萬狀。

可是兩個人當作沒這回事一樣，「互道珍重，黯然而別」，從此不聞不問，真是奇哉怪也，十二分說不過去。

這一段相當難以處理，若是郭、黃二人力邀，穆念慈堅拒，穆念慈又有什麼理由堅拒呢？

這時楊過只是嬰兒，郭靖全然不想去照顧他，後來在《神鵰》中，楊過是一個少年，郭靖就把「故人之子」楊過帶回桃花島，熱情萬分，前後對比，也不甚調和。

所以，唯一的解釋是，在重逢秦南琴或穆念慈之際，郭靖、黃蓉曾過了一夜，第二天一早才走的，在那天晚上，假設郭靖曾提到要帶了楊過母子一起走，至少要到了安全的地方再說，但是為黃蓉所反對。郭靖明知這樣做不很妥當，可是聽黃蓉的話聽慣了，也就只好不算數，所以才會出現這樣的怪現象。

如果是這樣的話，那麼，後來在《神鵰》中，郭靖看到楊過大是高興，對楊過熱情招呼，多少有點補當年不是的心情在，而黃蓉一上來就不喜歡楊過，在桃花島教他讀論語、孟子，也就有因有果，早有伏線可循了。

秦南琴或穆念慈，在楊過十一歲那年去世。在那麼多年中，郭靖竟然沒有想起過去找一找這個「義結金蘭」兄弟的妻、子的下落，唯一的解釋，只怕也是由於黃蓉的作梗而已。

看金庸作品，一直以為黃蓉絕非可愛人物，在《我看》之中，評為「中中」，已經相當客氣，而郭靖一直在聽黃蓉的話，簡直是被黃蓉支配著在行動一樣，實在也不很敢恭維。

從在《神鵰》中，郭靖對楊過的真情真意來看，當年竟未放在心上，顯然不可能是郭靖自己的主意，然則黃蓉的不可愛處又增一分了。此所以，郭靖一見楊過，就要把自己女兒許配於他，黃蓉就竭力反對！

後來，楊過得罪了柯鎮惡，黃蓉更現了原形：

「大師父，這兒是你的家，你何必讓這小子？」

柯鎮惡要離開桃花島，黃蓉叫他不必讓，那自然是擺明要趕楊過離開桃花島了，所以，後來送楊過到重陽宮全真教去，也未必是郭靖的主意，多半又是黃蓉的點子！

黃蓉為人，可見一斑。

若是從這一點出發來看，難以解釋的情節，也就迎刃而解了。

10 《射鵰》黃蓉

既然已在那段難以解釋的情節，提到了黃蓉，就來詳細談談黃蓉這個人。

在金庸小說之中，黃蓉是一個極重要的人物，所有金庸小說的讀者都不會否認這一點。黃蓉是金庸筆下所塑造的最成功人物之一，不論喜歡她或不喜歡她，都不能否認她地位重要這一點事實。

看黃蓉，最公平的看法，是把她分為兩個階段來看，兩個階段是：《射鵰》階段和《神鵰》階段。只看《射鵰》黃蓉，看不出黃蓉的本來面目，單看《神鵰》黃蓉，對她殊不公平。

先只說《射鵰》黃蓉。

◆不明男女之事

《射鵰》黃蓉，聰明絕頂，明艷無方，是個人見人愛的小姑娘。郭靖雖然是傻小子一名，但是一見黃蓉，也立時真心相愛。

郭靖和黃蓉的性格截然不同，他們兩人開始互相吸引，究竟是基於什麼因素，十分值得研究。郭靖傻乎乎，黃蓉聰明，是不是黃蓉主動在追求郭靖呢？顯然不是，因為直到《射鵰》快結束，穆念慈向郭、黃二人敘述自己遭遇之際，在穆念慈的印象之中，黃蓉還是年紀太小，對男女之事不是很了解。反倒是郭靖，大抵上已懂了，所以滿臉通紅，這一段的描述，相當有趣，把一對小兒女的神態，寫得活龍活現：

黃蓉……指著郭靖道：「……那天在牛家村，靖哥哥也想跟我做夫妻。」此言一出，郭靖登時張口結舌，忸怩不堪，說道：「我們……沒有……沒有……」黃蓉笑道：「那你想過沒有呢？」郭靖連耳根子也都羞得通紅，低頭道：「是我不好。」

所以穆念慈心想：

「黃家妹子雖然聰明伶俐，畢竟年紀幼小，於男女之事還不大懂。」

黃蓉初見郭靖那年，大約是十五、六歲。

那少年約莫十五六歲年紀。

後來換了女裝：

只見那女子方當韶齡，不過十五六歲年紀。

這兩次，黃蓉的年紀都是從他人的眼中看出來的，實際她究竟多大，不能確知，但絕不會差得太遠，算是十五、六歲，古代女子早熟，本來這個年紀已很應該懂男女之事的了。

但是黃蓉的情形，卻和普通女孩子不同，她自小在桃花島，是和她父親相處長大的。黃藥師自然知道男女間的事，但是他還未曾瀟脫到可以向女兒施以「性教育」的程度，所以，黃蓉真是不懂男女之事的。

在陸家莊，黃蓉曾發出十分幼稚的問題：

「你瞧出我是個女扮男裝，那也不奇，但你怎能知道我和他還沒成親？我不是跟他住在一間屋子裏麼？」

陸莊主給她這麼一問……心道：「……你這位姑娘詩詞書畫，件件皆通，怎麼在這上頭這樣胡塗？」

陸乘風自然不知道黃蓉是在一個特殊的環境之中長大的，除了父親之外，桃花島上只有又聾又啞的僕人，黃蓉絕沒有機會接觸異性，而黃藥師又不會對她說什麼，所以她對於男女之間的事，只是出於天然的吸引，不知其間究竟。

在這裡，有一個相當有趣的問題，黃藥師是文才武學無所不精的人，在文學上、音樂上，都無可避免地有許多涉及男女間情愛的作品。黃蓉又是聰明絕頂的女孩子，當她進入少女時期之後，譬如說十二、三歲之後吧，首先生理上女性的特徵顯明起來，心理上也必然產生對男女關係的極端好奇，再加上文學音樂中隱約的暗示，她自己想不通、不明白，難道不會向黃藥師發問？

如果黃蓉向黃藥師問了，黃藥師如何回答？古代的父親，即使自命與天下人不同的黃藥師，只怕也講不出什麼來。而聰明伶俐的黃蓉，一定會追問下去，設想這種情形，東邪黃藥師真是尷尬之極了！儘管他「喪妻之後，與女兒相依為命，對她寵愛無比」，只怕也沒做手腳處，真是十分有趣。

這種尷尬場面，別說黃藥師躲不過，連洪七公也遇上過一次：

黃蓉問道：「怎麼破了處女身子？」……她這麼一問，洪七公一時倒是難以回答。黃蓉又問：「……是殺了她們嗎？」洪七公道：「不是。」……黃蓉茫然不解，問道：「是用刀子割去耳朵鼻子麼？」

洪七公真給她問得沒有辦法了，只好：

……笑罵：「呸！也不是。傻丫頭，你回家問媽媽去。」……「你將來和這傻小子洞房花燭夜時，總會懂得了。」黃蓉……這時才明白這是羞恥之事……

黃蓉沒有再問下去，可憐威風凜凜，才以一根打狗棒，令得粱子翁跪了半天的洪七公「如釋重負，呼了一口氣」。可知這問題真不好應付。

令人難解的是，書中一直強調黃蓉「夫妻間的閨房之事，卻是全然不知」。既然是「全然不知」，甚至不是一知半解，那麼黃蓉何以聽洪七公這樣說，就會「明白那是羞恥之事」呢？洪七公應該另有辦法使黃蓉不再問下去才好，黃蓉也不應想到那是「羞恥之事」！

所以，黃蓉一直到離開桃花島，流落張家口，遇到郭靖時為止，儘管她聰明絕頂，但對於男女之間的事，確然不甚了了。

◆自然而然的愛情

黃蓉和郭靖的感情，自然和她那時的遭遇有關。如果黃蓉那時，和她那個大有來頭的父親在一起，錦衣玉食、顧盼生豪之際，像郭靖這樣的傻小子，只怕連和她結識的機會都沒有！

但當時的情形如此，郭、黃相識，郭靖一片真誠，黃蓉正在顛沛流離之中，從相識到交友都自然而然，等到以後，再自然而然發展為男女間的愛情，全是由於：

……初時她……原是將心中對父親的怨氣出在郭靖頭上。那知他渾不在意，言談投機，一見如故，竟然便解衣贈馬，關切備至。她正淒苦寂寞，蒙他如此坦誠相待，自是心中感激，兩人結為知交。

黃蓉初遇郭靖時，是她一生之中，接觸到第一個除父親之外的異性，而且，她立即發覺，這個異性比她父親有趣，父親再「寵愛無比」，終究是父親，可以向父親撒嬌，但不能向父親細訴心事。父親的關切，帶有嚴峻，即使是像黃藥師這樣與眾不同的父親，也未能免俗，要責罵女兒。

郭靖對黃蓉，其實也沒有什麼特別，那時郭靖甚至不知道黃蓉是女性，只是他生性忠厚，樂於助人，所以才對黃蓉好。而且，黃蓉也是郭靖有生以來，第一次接觸到一個比他年紀小的人。在結識黃蓉之前，郭靖一直在受著各種各樣年紀比他大的人照顧，所以當他可以去照顧一個年紀比他小的人時，會使他在心理上產生一種成熟感和滿足感。

而最初，令得他們兩人相識的，十分有趣，卻是鄉音。黃蓉一開口，「說的是一口江南口音」，郭靖聽到了鄉音，「很感喜悅」，這才對話起來的。

黃蓉講的「江南口音」，應該屬於哪一種江南口音呢？很值得研究一番。

黃藥師是什麼地方人，不可考，他選了桃花島來住，可能是江浙一帶的沿海人氏。桃花島近寧波，語言該屬寧波話系統。但是桃花島上的人操什麼語言，並不影嚮黃蓉，黃蓉依附她父親長大，語言自然也是從黃藥師處學來的。

而郭靖通的「江南語言」，是臨安和嘉興一帶的混合。在江南話中，杭州話獨具一格，帶有北方話的韻味，嘉湖一帶的語言，相當娓娓動聽，黃蓉若是說寧波話，鄉音的親切要大打折扣。只可惜黃藥師籍貫無可稽考，不然就可以確切知道黃蓉操什麼母語了。

郭靖黃蓉認識之後，黃蓉：

……高談闊論……郭靖聽他談吐雋雅，見識淵博，不禁大為傾倒。

郭靖是老實人，當他大為傾倒之際，那種佩服的神情，一定流露無遺——這一點十分重要，黃蓉從來也未曾有過這樣表現自己的機會，自然越說越歡喜。而郭靖又敘說他自己的事，一生之中，只怕也只有這一次「說得滔滔不絕」，兩個青年人一見如故，情景很是動人。

再接下來，郭靖贈金贈衣，黃蓉大感溫暖——黃蓉的一生運氣極好，遇到郭靖。是她一生之中好運中之最。試想想，如果她遇到的不是郭靖而是歐陽克的話，那又會如何？

歐陽克老於江湖，武功又高，要是一眼就看出黃蓉本來是一個絕色少女，只要稍微下點工夫，正淒苦寂寞的黃蓉，一樣會心存感激，若是一絲情絲，竟繫到了歐陽克身上，那真是糟糕之極了！

郭靖送了黃蓉一匹馬，黃蓉就：

心中感激，難以自已，忽然伏在桌上，嗚嗚咽咽的哭了起來。

歐陽克出手更豪闊，而且他心機深沉，真要耍起這個不通世務的小姑娘來，黃蓉再聰明，也逃不出他的手掌心，真是險之又險！

等到黃蓉回復了本來面目，兩人湖中相會，那時，少年男女間的情愫，自然茁長，已經超越了一般的友情，兩人不但在心理上互相吸引，在生理上也有了互相吸引之處，金庸在這一段，寫得極細膩：

黃蓉輕輕靠在他胸前。郭靖只覺一股甜香圍住了他的身體，圍住了湖水，圍住了整個天地，也不知是梅花的清香，還是黃蓉身上發出來的。兩人握著手不再說話。

在經過了這樣的階段之後，兩人的對白是：

黃蓉低聲道：「你再體惜我，我可要受不了啦。要是你遇上了危難，難道我獨個兒能活著麼？」

噫！小鬼頭的情話，講到了這一地步，難怪郭靖：

心中一震，不覺感激、愛惜、狂喜、自憐，諸般激情同時湧向心頭……

在這諸般激情之中，感激、愛惜、狂喜均是情理之中，可以明白，唯獨「自憐」，有點難以明白。

自此之後，郭靖、黃蓉兩人之間的愛情，雖然好事多磨，不知經過了多少波折，但郭靖始終守著他的諾言：

「我不能沒有她，蓉兒也不能沒有我。我們兩個心裏都知道的。」

郭靖這兩句愛情誓言，真是說來截金斷鐵，響徹九霄，堪為世間相愛的男女作典範！

◆聰明絕頂的任性少女

黃蓉在愛情上十分漂亮，她的本性，本來不能算很好，但在她和郭靖相愛之後，她極知收斂，也很知道如果再任性胡來，很可能會產生悲劇。

黃蓉的本性確然不很好。十五、六歲的女孩子，給父親狠狠責罵了一頓，柔順的向父親認錯；倔強的自己一個人關起門來哭上三天，不吃東西，不理父親；強項的和父親爭吵，至多再捱一頓打；乖巧的嬉皮笑臉，使父親化悲為喜……反應的方式很多。

但是黃蓉卻離家出走了！

只有天性涼薄的少女，才會在這樣的情形下離家出走。

少女要離家出走的原因有幾百種，其中也有很多是值得同情的，有很多種是值得鼓勵的，但是只有一種，不值得原諒，就是黃蓉的那一種，只不過受了父親的「狠狠責罵」，而且，還是一個一直對她寵愛之極的父親！

更有甚者，少女離家出走，是由於一時之氣，等到氣平之後，多少會想起父親平日對自己的種種好處，即使不回去，心中總也有點悔意。可是黃蓉卻沒有這樣想過，給父親罵一頓這樣的小事，黃蓉一直心中怨恨。

從桃花島到張家口，至少已過了一個月了吧？黃蓉心中還在恨父親：

將心中對父親的怨氣出在郭靖頭上……

挨了一向這樣愛她的父親一頓罵，怨氣之甚，一至於此，這個小女孩真太過分了！

黃蓉的本性不好相處，在和郭靖初相識時，還是不時顯露，郭靖看了也心驚肉跳，大不以為然。

像說到王處一受傷時：

黃蓉道：「那就讓他殘廢好了，又不是你殘廢，我殘廢。」郭靖「啊」的一聲，跳起身來……臉上已現怒色。

還有：

郭靖萬料不到這個嬌滴滴的小姑娘下手竟會如是毒辣，不覺驚得呆了。

臉上現怒色，驚得呆了，黃蓉是聰明絕頂的人，郭靖對她行為的這種反應，她如何會覺察不到？她自然也十分明白，若是自己不收斂，這個傻小子儘管傷心欲絕，也會和她分手。所以以後，黃蓉的行為好得多了，對郭靖的攏絡手段，世界一流。久而久之，郭靖已全然沒有可相抗的念頭，黃蓉自然得其所哉了。後來密室療傷，郭靖看出黃蓉要殺傻姑，黃蓉當時想到：

「他……心中卻老是記恨，那可無味得很了。」

黃蓉的聰明事情極多，但是最最聰明的事，還是這一件。而且，也是極難做到的一點。

黃蓉的很多聰明事之中，第二件聰明事，是她令得洪七公授了降龍十八掌給郭靖，黃蓉煮菜那一段，真可以看得人眉飛色舞，口水直滴。而黃蓉戲弄群奸的那些描寫，青少年讀者會比較喜歡，看得興高采烈。其實那些情節之中，黃蓉無往不利，靠的一小半是她自己的聰明機智，一大半還是由於她有一個來頭極大、誰一聽到就害怕的父親之故。沒有黃藥師這個大靠山，只怕黃蓉再聰明機智，也耍不開。

她的靠山大，而她也很懂得利用這個大靠山。在王府之中，黃蓉第一次和高手過招：

黃蓉這一出手，旁觀的無不驚訝。彭連虎笑道：「姑娘貴姓？尊師是那一位？」……眾人俱各狐疑，不知她是甚麼來頭。

那些高手連連問她教她功夫的是誰，若不是黃蓉一出手，人家就看出教她功夫的人大有來頭，黃蓉只怕無倖。後來，只看出她是黑風雙煞一路，就已駭然，連彭連虎這樣的兇神惡煞，都不免「語聲竟是微微顫抖」。可知黃藥師這個大靠山，給黃蓉在行動上帶來了多大的便利，是黃藥師的敵人，因為怕他而不敢惹黃蓉；是黃藥師的朋友，更不用說，一定幫黃蓉。這情形，就像是如今社會之中，一個億萬豪富的小女兒，儘管什麼也不會，要是出來主持什麼機構，各方幫助唯恐不及，還有什麼不成為「成功人士」的；一點也不稀奇，何況黃蓉還聰明機智！

像郭靖那樣，練成絕頂武功，才真的不容易，不過郭靖得窺上乘武功門徑，自降龍十八掌開始，而那又是得了黃蓉的幫助才成事的，所以令人佩服程度，也打了一個折扣。

在《射鵰》中，黃蓉出場極多，做了不少事，從大鬧王府起，到結識洪七公，走訪陸家莊，幾次幫郭靖療傷，鬥瑛姑，會漁樵耕讀，乃至於大軍之中三鬥歐陽鋒，是不折不扣《射鵰》的女主角。

縱觀《射鵰》全書，黃蓉光芒萬丈，幾乎書中所有人物，全在她光芒籠罩之下，全在她的掌握之中。在《射鵰》之中，黃蓉性格不清的一面，只是略作顯露，不是仔細，看不出來，只覺得她處處都惹人喜愛。自然，多半還是由於在《射鵰》中的黃蓉，始終是一個少女，她的不可愛處，到了《神鵰》時才逐漸暴露出來。

黃蓉是一個寫得極成功的人物，正由於寫得太成功了，這樣的女性，除了郭靖那樣性格的男人之外，其他男人，愛則愛矣，娶之為妻，只怕要敬謝不敏，寧願找一個稍笨一點的老婆好了。

《射鵰》黃蓉，是上中人物。

11

東邪黃藥師

東邪黃藥師是一個十分值得研究的人物。

在武俠小說之中，高手出場，大都有一定的氣派，不然也不能稱之為高手了。但是從來也沒有一個高手，出場氣勢之懾人如黃藥師者，即使在金庸的其他作品中，也難找到相若的例子。初看《射鵰》之際，看到戴著人皮面具的青袍怪客，如鬼如魅，如神龍見首，飄忽無比之際，真是神為之奪。

◆未見瀟灑，只見造作

黃藥師在《射鵰》的讀者心中，印象極好，就是佔了出場時威勢無限的便宜，先入之見，足以影響他日後的許多莫名其妙之事。

他第一次出場的情形，是借歐陽克的眼中看出來的。他跟在梅超風的後面，詭異絕倫，瞎了眼的梅超風，聽覺何等靈敏，竟也不知身後有人跟著，更是令人氣窒，歐陽克武功見識，俱皆不凡，也不禁想到：「難道世上真有鬼魅不成？」

可是黃藥師的行事，卻有太多地方矯揉造作，到了滑稽的地步。《射鵰》一開始，就借曲靈風之口來形容黃藥師：

「可是天下儘有聰明絕頂之人，文才武學，書畫琴棋，算數韜略，以至醫卜星相，奇門五行，無一不會，無一不精！」

黃藥師本事是大的，這一點絕無疑問，可是他不但要人家認他本事大，還要人家認他行事瀟灑，不受世俗禮法所拘，要另創一種形象，傳誦千秋萬世。凡是一個瀟灑的人，絕不會做這樣的事，一切全是順其自然而來的。

任何人，如果刻意要處處表現自己瀟灑，這個人一定瀟灑不起來。在《射鵰》中，黃藥師做了很多事，卻未見瀟灑，只見其怪異。

在《我看》中已經講過，黃藥師把九陰真經看得極重，曲靈風對師父的評語，顯然是盲目崇拜，他本領大，但若真大到這種程度，怎還會把九陰真經放在心上？九陰真經教梅超風、陳玄風偷走了，有什麼了不起？何必怒發為狂，急成這樣？不但把其餘的徒弟打斷了腿、逐出桃花島去，最最不該的是，愛妻正在懷孕待產，還要為他去背誦九陰真經，以致心力交瘁，難產而死！

若是黃藥師真正有瀟灑出眾的性格，不在乎九陰真經的得失，他的妻子也不至於死。而且，這裡還有一個值得研究之處，黃藥師不是「醫卜星相」無一不會、無一不精嗎？何以愛妻難產這樣的小事，他都救不了？黃蓉不是什麼怪胎，本來是沒有問題的，孕婦只不過是偶發性的早產，並非本身早有什麼絕症，神通廣大的黃藥師，何以救她不活？

黃藥師在武功上的天分，肯定不如九陰真經的作者黃裳，醫術方面，救不活自己妻子，這還罷了，最滑稽的是這件事：

……黃藥師對妻子情深義重，兼之愛妻為他而死，當時一意便要以死相殉。他自知武功深湛，上吊服毒，一時都不得便死，死了之後，屍身又不免受島上啞僕蹧蹋，於是……

黃藥師的辦法是造了一艘船，駛出海去，再令船沉沒：

當波湧舟碎之際，按玉簫吹起「碧海潮生曲」，與妻子一齊葬身萬丈洪濤之中，如此瀟灑倜儻以終此一生，方不辱沒了當世武學大宗匠的身分……

黃藥師處處要表示自己「瀟灑倜儻」，正由於那是一種不能刻意表現出來的自然氣質，所以黃藥師做的一切，就不免滑稽。

武功再高，要死還不容易，找一個千丈峭壁跳下去，還能活嗎？一刀子戳進心去，還能活嗎？放一把火把人燒成焦炭，只怕也一命嗚呼了吧，何必再造什麼船？船到海中沉了，抓上一塊木板，一樣死不了。後來就證明，坐了這艘船出海的高手，一個也沒有死，當時船還在烈火焚燒之下哩。

而且，死也死了，臭皮囊又有什麼關係，怕什麼受啞僕蹧蹋？瀟灑倜儻云乎哉，只落得個「每年油漆，歷時常新」而已！

黃藥師又處處要保持自己「當世武學大宗匠」的身分，這般重視九陰真經，這個身分已是動搖了，而他其餘行徑，也很難保持這個身分。把周伯通關在島上，那算什麼行為？看他幾次三番打郭靖，更是自失普通高手的身分。他第一次和郭靖動手之際，郭靖的武功還十分低微，黃藥師卻已對之大怒。

當黃蓉扭不過黃藥師的小器量，和郭靖過招之際，這種情景，看在心胸豁達的父親眼中，一定覺得十分有趣，哈哈一笑算數。可是黃藥師卻：

鐵青了臉，冷笑道：「這種把戲有甚麼好看？」

以他的身分而論，大喝一聲，別讓郭靖、黃蓉兩人再打下去，也就足夠之極了，可是他居然出了手。這一出手，武學大宗師的身分，已經一點不剩。而更有甚者，他在一抓一擲之間，已做了手腳，擲出黃蓉的輕，拋出郭靖的重，「存心要重重摔他一下」。

噫！這不但不是武學大宗師，簡直是在耍賴了。金庸刻意寫黃藥師處處要自以為是武學大宗匠，但實在一點都不是，寫到這種地步，已到盡頭了吧，誰知並不，金庸還要進一步寫下去：

他（郭靖）要是一交摔得口腫面青，半天爬不起來，倒也罷了。而一下沒摔倒郭靖，「武學大宗匠」非但不自覺臉紅，反是「怒氣更熾」，大聲喝著，要和郭靖動手！

金庸這樣寫黃藥師，十分有趣。一方面，處處強調他是武學大宗師，簡直無所不能，瀟灑倜儻之極，但是另一方面，卻又不時寫黃藥師出醜之事，別說洪七公，連歐陽鋒都未必肯做的事，黃藥師卻一直在做。或許金庸是有意要寫出一個這樣的人物：這個人一心一意，要把自己塑造成為有某種形象的宗師，但是他生性又實在不是這種形象的材料，所以才處處做著與刻意塑造的形象身分全然違背的事情。

這種人，現實生活中多的是，只要稍加細心觀察，人人可以發現十個八個。

◆大露馬腳，原形畢露

黃藥師在摔不倒郭靖之後，行徑更是不堪，終於運氣，震得郭靖手腕脫臼。這時兩人的武功相差一天一地，黃藥師非要在武功上，佔郭靖多少便宜才肯罷休，不知道有什麼開心？這種氣度，只是江湖上小腳色的行徑而已！

而且，金庸越寫越起勁，黃藥師也越來越不堪，剛才講好了「只要引得我稍有閃避，舉手擋格，就算是我栽了」的，在這以後，黃藥師更大言不慚：「哼，和我過招？諒你這小子也不配。」

郭靖本來就不配和黃藥師過招，可是言猶在耳，郭靖手腕脫臼，已經受了傷，黃藥師忽然：

……喝道：「你也吃我一掌……」語聲方畢，掌風已聞。郭靖忍痛縱起……黃藥師掌未至，腿先出，一撥一勾，郭靖撲地倒了。

黃藥師有多少不通人情的行為，無損他的人格，也無損他大宗匠的身分，但是講了話要算數，這是任何學武之士的起碼條件。黃藥師才說了「不配過招」，郭靖已受了傷，他卻又掌又腿，掌腿齊施，他的身分哪裡去了？由此可知，一個人平時不論如何矯揉造作，塑造自己的身分形象，總會有露出馬腳的時候，這時的黃藥師，就大露馬腳，原形畢露了！

所以，黃藥師絕不是真正的武學大宗匠，想瀟灑也瀟灑不起來。他只是一個故意做些奇怪行為、引人注意的人物而已，武功再高，也不能表示他有宗匠的氣派。

有趣的是，在《射鵰》之中，黃藥師是這樣子，但到了《神鵰》，他再出場，卻完全變了，變得真正瀟灑起來，十分令人神往。過去刻意去做而做不到的，在他的晚年，變得自然而然流露出來，那是他年紀大了，思想行為都趨成熟之故。

黃藥師還有一件不可原諒的蠢事，是他居然會接受歐陽克的求婚，要歐陽克和郭靖競爭。

就算他笨到不知女兒的心意，就算他完全不喜歡郭靖，也沒有理由這樣做。他至少應該有這個智能，知道歐陽克是怎樣的一個人，自己的女兒嫁了歐陽克之後，會有什麼樣的結果，尤其他是那麼愛女兒、又深諳夫婦之道的一個人！

要是郭靖和歐陽克兩人爭下來，是歐陽克贏了呢？難道真把黃蓉配給他？還是到時又反悔？黃藥師此舉，真是混蛋至於極點矣！

桃花島上，郭靖和歐陽克比試，妙筆紛呈，峰迴路轉，看得人目不暇給，是《射鵰》中最好看的幾段情節之一。可是在這大段情節中，黃藥師看起來，卻是叫人越看越差勁，又不講理，又固執，又笨，又耍賴——結果郭靖贏了，他又反口。

不必再多舉其他的例子，黃藥師這個人，仔細看下來，是什麼樣子的，已可有結論了。

在《我看》中，評黃藥師為「上中人物」，看來要降級，大降特降才行，念在

《神鵰》中的他，忽然真的瀟灑飄逸起來，可以少降幾級。但無論如何，是不能留在上級人物之中，只好算是「中上人物」了。

◆根本性格上的變化

黃藥師一到《神鵰》，變得可愛有趣起來，他女兒卻相反，到了《神鵰》，簡直不堪了，這是十分有趣的一種對比。這絕不是說金庸寫人物，前後性格不統一，而是他更深刻地把人物的隱藏性格寫了出來，黃藥師一直在追求著的，到晚年才達到目的，而黃蓉一直在收斂著的，到年紀大了就開始顯露出來。

人，當然是會變的，但是變來變去，始終只是他自己根本性格上的變化而已。像黃藥師，也不是本性之中完全沒有瀟灑的氣質，要是一點都沒有，年紀再大，還是一樣窩囊，不會變的。

黃藥師的毛病是太刻意營造，結果弄巧反拙，欲速則不達。他在《射鵰》中，也不是全然沒有令人佩服的行為，像他被柯鎮惡一口濃痰，吐中了鼻樑正中之後，就表現出色。（以黃藥師的武功而論，為何會被柯鎮惡這樣的低手一口濃痰吐中鼻樑正中，真有點想不通，如果是一枚毒蒺藜呢？也要被打中了？這一點確實大有商榷之處。）

黃藥師被人一口痰吐中，自然大怒，但是他隨即：

哈哈大笑，說道：「我黃藥師是何等樣人，豈能跟你一般見識？」舉袖抹去臉上痰沫……

這才是真正大宗匠的氣度，雖然他還是念念不忘「我黃藥師是何等樣人」，但做得極瀟灑漂亮。所以，他日後才能進步到全然不提「我黃藥師是何等樣人」，天然瀟灑飄逸，終於爐火純青。

12 九指神丐洪七公

洪七公是上上人物。

洪七公正直、豪俠，重民族大義，得到江湖上的尊敬，對朋友講義氣，有一切正派人物所應具有的優點。這些優點，郭靖也都有，可是洪七公和郭靖不同，洪七公是活生生的、有理性的真人，不像郭靖那樣，看來看去，都是道德堆出來的，不像是真的一個人。

一句「撕作三份，鷄屁股給我」。九指神丐洪七公出場，不論是第一遍看《射鵰》，還是第八次看，一看到這裡，就禁不住大聲喝呼，一如在《水滸傳》看到

「一個胖大和尚赤條條跳將出來」時的反應一樣。

黃藥師出場，令人感到詭異悚然；洪七公出場，使人感到全身發熱，就像是忽然有人在你身後拍了一掌，轉頭一看，竟是渴望一見的老朋友一樣！

◆就美食而捨要事

洪七公是金庸筆下眾多生動人物之中，最能使人有親切感的一個，他的脾氣一樣很古怪，郭靖在學了十五招「降龍十八掌」之後，向他叩頭，他就點了郭靖的穴道，把四個頭叩還給郭靖，還說：

「住著。我教你武功，那是吃了她的小菜，付的價錢，咱們可沒師徒名分。」

想那降龍十八掌，乃是洪七公畢生絕學，「一半得自師授（洪七公的師長是誰？），一半是自行參悟出來」，第一次華山論武之際，洪七公若是已會這套掌法，大可得到武功天下第一的稱號，其威力可知。可是卻為了吃小菜，而當價錢付人，這真有點好吃得過了頭。

洪七公好吃，這是毫無疑問的事，他可以為好吃而誤了一件要事，事後砍下了自己的一隻手指——那是表示懲罰，並不表示後悔，這一點不可不知，因為在斷指之後，他好吃如故。以後，在美食和重大事務之間，叫他做選擇，只怕他一樣會就美食而捨要事，至多事後再砍一隻手指，有什麼大不了！

要注意的是：砍手指，在武俠小說人物的行為之中，是一件小事。武俠小說中的人物，有他們獨特的性格、行為，受傷當作等閒之事，整條膀子、整條大腿斷下來，都不興皺一皺眉，何況是手指之微。《天龍八部》之中，黃眉和尚為了在下棋時爭下黑子，就二話不說，把自己的一隻腳趾剁了下來，由此可知，斷一隻手指，稀鬆尋常之至。

但是在武俠小說人物之中，肯隨隨便便把自己生平絕學教人的，卻絕無僅有，除了洪七公之外，只怕還找不出第二人來。

因為一個學武的人的武功，等於是他的生命，把自己的武功隨便教人，那等於是在玩命了。可是洪七公卻把生平絕學當作「價錢」，為的只不過是吃黃蓉煮的小菜！

這樣看來，洪七公不是太胡塗了麼？

或問：如果煮得一手好菜的是楊康或歐陽克，洪七公會不會也以降龍十八掌去換小菜吃呢？

這是一個很值得深究的問題。

洪七公在初識郭靖、黃蓉之際，是完全不知兩人來歷的，而郭、黃兩人的態度，也是任何人都可以做得到，不過是「心知有異」、「不敢怠慢」而已，這一點，楊康或歐陽克都可以做得更好。

等洪七公吃了一隻叫化鷄之後，取出鑲金的鏢來作酬，郭靖拒收，也沒有什麼特別之處，洪七公在這時仍然無法知道對方人品的好壞。而黃蓉提出再請洪七公吃東西，這是別有用心了，洪七公應該知道，但為了有好東西吃，一樣欣然應之。

等到黃蓉初展手段，「玉笛誰家聽落梅」和「好逑湯」吃得洪七公魂飛天外之後，要教兩人武功，是洪七公自己提出來的：

「你們兩個娃娃都會武藝，我老早瞧出來啦。女娃娃花盡心機，整了這樣好的菜給我吃，定是不安好心，叫我非教你們幾手不可。」

由此可見，就算擺明了，供給美食是為了要他教武功，他還是一樣答應的。

接下來，黃蓉一出手，洪七公立時認出了她的來歷，在那一霎間，洪七公很有受騙的感覺，立時「冷冷地道」，那是心中大不高興了，也不肯教武功了，只是後來又被黃蓉略使小計，大讚他的降龍十八掌，才又把他騙了回來。

黃蓉的幾句話，若是真能令洪七公上當，那不是太抬舉黃蓉，而是在小看洪七公了。洪七公若是那麼淺薄，怎配做一代武學大宗匠？洪七公忽然又出現，答應教郭靖武功，原因其實只有兩個，主要的一個是他實在捨不得黃蓉的烹飪，次要的一個原因是，他已知黃蓉來歷，又看出了郭靖是一個「傻不楞的小子」，是一個老實人。在授武之前，洪七公又進一步知道了郭靖的為人，洪七公對他的評語是：

「傻小子心眼兒不錯，當真說一是一。」

能得到洪七公這樣的一言之褒，那當真是難得之極，所以洪七公就開始授了郭靖一招「亢龍有悔」，一招既授，以後黃蓉的佳餚層出不窮，自然越教越多了。

而這個經過之中，可以看出，誰只要有黃蓉的烹飪手段，誰都可以令洪七公教上一招半式，楊康也好，歐陽克也好，再大奸大惡的人，只要裝得好，不漏底，都可以騙到洪七公的武功。

這樣說來，豈不是人人都可以學到洪七公的武功了？非也非也，別忘記有一個大前提：要有黃蓉這般的烹飪手段才行。而要有這樣的烹飪手段，那比什麼都難。《射鵰》中一流武功不知多少，降龍十八掌、彈指神通、七十二路空明拳、蛤蟆功、一陽指……但是會炮製美食的，就只有黃蓉一個。

烹飪，是一種藝術，和其他任何藝術一樣，烹飪是需要天分，不是硬學得會的。一個烹飪高手在煮菜，普通人在一旁完全照做，一點也不差，從材料、調味品、火候、時間，完全一模一樣，可是結果煮出來的東西，味道硬是不同，是無可摹仿、無可偷學的。要學會煮得一手好菜，比學會絕頂武功還要難得多，除非像黃蓉一樣，有天生的烹調本領，不然，就無法令洪七公拿他的「降龍十八掌」來當價錢！

郭靖的武功本來十分低微，雖然服了蝮蛇寶血，也無濟於事，直到遇見了洪七公，才算是得窺上乘武功的門徑。所以黃蓉的烹調術，影響了郭靖的一生，世事之奇妙，往往如此。當郭靖在大漠放牛牧羊之際，怎麼想得到，萬里之外一個小島上一個會燒菜的小姑娘所燒的菜，會改變他一生的命運！

也幸好洪七公的「降龍十八掌」合了郭靖的個性，若是遇上黃藥師，要教郭靖「落英神劍掌」，什麼五虛一實、八虛一實，不但教的人七竅生煙，學的人也必然痛苦不堪，不歡而散了。

◆率性而為，寬厚仁俠

洪七公肯隨便把自己的生平絕學來換美食，真正是率性而為，這種自然而然的瀟灑，比起黃藥師的處處做作，一個高，一個低，再明顯不過。洪七公的可愛之處，也在這裡。不過洪七公的灑脫，還未曾到極點，他對於當年未曾得到武功天下第一的稱號，就「後來他常常嘆息」，還是未能完全放得開。

洪七公生性相當懶，不怎麼肯教徒弟，「一生從沒教過人三天以上的武功」，他自己練功不知怎樣？只怕有好東西吃，也是吃了再說，吃第一，練功第二，若當年降龍十八掌未曾練成，只因貪吃而耽擱了練功，那也大可不必常常嘆息！

洪七公後來，終於收郭靖為徒，那是由於月餘相處，洪七公已深知郭靖為人之故！

「憑郭靖這小子的人品心地，我傳齊他十八掌本來也沒甚麼。」

他接受郭靖為徒弟之際說：

「老叫化不耐煩跟小姑娘們磨個沒了沒完，算是認輸，現下我收你做徒兒。」

那當然只是隨口說說的笑話，這是洪七公的優點之一，他言談極其風趣，沒有黃藥師的故作高深，也不像一燈大師的道貌岸然，又絕不是周伯通的夾纏不清。不是一個頭腦清醒、豪俠爽直的人，不可能有這種令人如沐春風的談吐。他的言語，不必掩飾什麼，自然令人感到親切。

而且，看洪七公救歐陽克這一段，可知他心胸之寬：

「我跟他叔父是老相識。這小子……傷在我徒兒手裏，於他叔父臉上須不好看。」

洪七公當然不是怕黃蓉殺了歐陽克，歐陽鋒會找上門來報仇，他所說的，真正是他心中想的。北丐和西毒之間，本來勢不兩立，但是西毒的武功，洪七公還是欣賞，不但欣賞，還要處處替對方維護武學大宗師的身分，這種氣度，真是浩瀚如海，無與倫比。有這樣風度的武學高手，更是少見。後來洪七公手下容情，未對歐陽鋒下毒手，也是基於他的氣度太寬宏所致。終於吃了歐陽鋒的大虧，他也絕無後悔之意，天生性格這樣寬厚仁俠，真是上上人物。

洪七公和黃藥師比較，黃藥師是做作的，洪七公是自然的。黃藥師要做了準備，費了工夫，才能勉強在表面上做出來的事，洪七公自然而然就做出來了，兩人的最大差別在此。黃藥師裝模作樣，要考歐陽克和郭靖的文才，洪七公就直斥其非：

「咱們都是學武之人，不比武難道還比吃飯拉屎？」

當真是痛快之極矣！

洪七公一生為人，就是得到痛快兩字的真髓，吃要吃得痛快，喝要喝得痛快，罵要罵得痛快，打要打得痛快，天地之間，自在遊戲，真神人也！

13

快樂逍遙老頑童

要在金庸的小說之中，選一個最逍遙快樂的人，除老頑童周伯通之外，不做第二人想。《笑傲江湖》中的桃谷六仙，庶幾近似，但比起周伯通來，還大有不如，因為桃谷六仙是兄弟六人，平時他們雖然渾渾噩噩，但兄弟之間的感情卻是極之深厚。六個人不可能同時去世，若是桃根仙或桃幹仙先走一步、離開人世，剩下來的四個，不知怎麼過日子了。而周伯通卻是全然無牽無掛的，人生苦事之中的生、離、死、別，對他來說，全然不放在心上。黃藥師喪妻，他就要恭喜黃藥師。

周伯通不是沒有感情的人，但是佛家所言的人生幾大苦，似乎都與他無關。他生下來天真爛漫，生對他來說絕不是苦。老而彌頑，老苦也不存在了。他武功高強，不會生病，自然沒有病苦，死對他更不算什麼，找不到他怕死的證據。求不得苦？周伯通也沒有什麼要求的東西，除非看到了新奇武功，心癢難熬，或是看到了什麼新奇的玩意，大感興趣。

但是周伯通在「求」的這方面，維持著興趣昂然，求得自然大喜若狂，求不得也坦然置之，不會傷心欲絕，持這樣態度，求得求不得全是一樣，只是趣事，絕不會是苦事。

◆沒有愛情糾葛？

周伯通能夠超脫煩惱、快樂逍遙，還有最重要的一點，就是他沒有男女情愛上的糾葛。他先是沒有男女情愛上的慾求，然後再沒有情愛上的糾葛，這才是真正快樂逍遙、無慾無求，真是快活人。

或曰：錯了錯了，周伯通怎麼沒有男女情愛糾葛？瑛姑不就是麼？他和瑛姑之間的糾葛，持續了幾十年，怎麼說沒有？

且聽解釋。

周伯通和瑛姑之間，的確有男女糾葛，但是在周伯通心目中來說，那從來也不是男女情愛的糾葛。瑛姑有，周伯通沒有。瑛姑對周伯通念念不忘，愛周伯通，但老頑童卻一點也沒有什麼情愛上的思念，只是覺得這個女人討厭，離她越遠越好。

在周伯通的心中，他怕瑛姑和怕蛇一樣，周伯通會對蛇有情愛糾纏嗎？當然不會，看到了、聽到了害怕，走遠點躲著也就是了。

是周伯通無情無義嗎？倒也不是，而是周伯通和瑛姑之間的關係，根本是極偶然的一種結合。

周伯通和瑛姑的關係，在周伯通來說，全然是一種意外，在瑛姑而言則不是。

先是周伯通教瑛姑點穴功夫：

……一個教一個學，周師兄血氣方剛，劉貴妃正當妙齡，兩個人肌膚相接，日久生情，終於鬧到了難以收拾的田地……

在這以前，瑛姑已經是後宮的貴妃，就算她的年齡比周伯通小，但是男女間的事，必然已經熟知，而周伯通在那時，肯定還是渾渾噩噩，不知所以。「日久生情」云云，只怕是一燈大師的猜想，事實大抵是一個深宮寂寞又深諳男女間事的妙齡貴妃，去勾引一個天真不通世務，心智上不成熟，但是生理上卻成熟了的男人的結果。

一個妙齡而又有經驗的女子，要去引誘這樣一個生理正常的男人，不論這男人的智力、定力如何，當真是易如反掌。《天龍八部》之中，虛竹和尚向佛之心，何等之誠，喝水之前都要唸經，可是冰窖之中，西夏公主一到懷中也守不住啦，這是「天地間第一大誘惑」之事，誰都擋不住，何況是周伯通。

更何況周伯通根本不知那是什麼事（有趣是一定知道的），事後還大吵大鬧：

「本來不知這是錯事，既然這事不好，那就殺他頭也決計不幹。」

所以說，周伯通和瑛姑之間的事，是瑛姑主動，絕不冤枉了她。周伯通「不知這是錯事」，那不會是假話。周伯通不知，瑛姑不可能不知，周伯通主動，她也應該堅拒，何至於有事發生？周伯通在桃花島上，就曾對郭靖說過：

「……美貌女子見不得……決不能讓她摸你周身穴道，否則要倒大霉。」

周伯通和瑛姑兩人之間是怎麼有事的，至此，真是再明白也沒有了。所以，周伯通是沒有男女情愛糾葛的，瑛姑有，他沒有。在周伯通來說，大理皇宮中的那回事，和給毒蛇咬了一口一樣，心中只有厭煩害怕，眼不見為淨，也不見得有任何煩惱。

◆人生根本就是遊戲

周伯通有得玩就玩，有得頑皮就頑皮，難得他有一身通天徹地的武功，可以由得他怎樣玩，就算打不過人家，叫黃藥師打斷了兩條腿，在山洞中關了一十五年，他也當著是玩。他這樣的人生，比「遊戲人生」又進了一步。「遊戲人生」還是主觀的，視人生為遊戲，而在周伯通來說，人生根本就是遊戲，不必遊戲，也是遊戲！當他被毒蛇所噬，眼看毒發將死之際，他一樣要遊戲：

「在陰世玩玩四個人……不，四隻鬼打架，倒也有趣，哈哈，哈哈。那些大頭鬼、無常鬼一定瞧得莫名其妙，鬼色大變。」說到後來，竟又高興起來。

快死的人，想到可以和鬼開玩笑，會覺得高興，這不是在根本上視人生為遊戲麼？

例子中更徹底的是在大海之上，洪七公、郭靖、周伯通三人一起落海，陷身大群鯊魚之中，周伯通還要打賭玩耍，「先給魚吃了的算贏」。洪七公和郭靖沒有答應，周伯通傷後內力不繼，眼看要裹魚腹，他難過的是：

「唉，你們不肯賭賽，我雖然贏了，卻也不算。」……語音中頗有失望之意。

這又豈止是「視死如歸」而已，簡直在他的觀念之中，已超脫了生死的界限，生就生，死就死，只要有趣，生死絕無差別。

所以，周伯通是第一快樂逍遙之人，殆無疑問。

在《我看》之中，對周伯通的評價不是很高，何以忽然改變了呢？其實，對周伯通的看法並沒有改變。周伯通是天下最快樂逍遙之人，但那是他自己的事，他心目中以為人人都和他一樣，可以無牽無掛，可以有趣就玩，可以什麼都不管，和他有任何接觸的人，可就苦不堪言了。

瑛姑就給他弄得死不死活不活，他沒事人一樣，瑛姑傷心欲絕。

郭靖也給他玩得幾乎做不得人。他不知輕重，沒有是非，只要自己一高興，就不理會有什麼事會發生，自己玩夠了再說。他快樂逍遙，別人可吃足了苦頭，他看到別人因他的胡鬧而吃苦頭，還樂得拍手頓足，一點分寸也沒有，甚至要郭靖把下半身浸在海水裡做餌，引鯊魚來給他玩。這樣一個心智永遠如兒童的人，誰受得了？

所以，周伯通只好是中中人物。

他是天下最快樂的人，那是另一回事，有時，真羨慕周伯通！

14 歐陽叔姪

歐陽叔姪之中，歐陽鋒是上上人物，歐陽克是下下人物。

◆繡花枕頭歐陽克

歐陽克其實是歐陽鋒的私生子，歐陽鋒一身武功，對他來說，必然毫無保留，傾囊相授。可是這個花花大少，顯然學會不多，看起來排場派頭不小，其實只是一個裝模作樣的小丑，一點真材實學都沒有。

歐陽克在武功上沒有成就，或許是限於資質，還可以推諉一下，他自小便風流無比，在女人堆裡打滾，奇就奇在他居然其蠢如豬，女人的心理一點也摸不到，黃蓉把他恨之切骨，他還一味追求不已，這樣笨的男人，真是世間少見，宜乎他莫名其妙，死在楊康的手下。

更奇的是，像歐陽克這樣的繡花枕頭，黃藥師居然會看不出來，一心想把女兒許配給他，真是沒有道理之極。縱觀《射鵰》全書，歐陽克凡出場之處，沒有做過一件看起來可以看得過去之事，都是窩窩囊囊，不知所云，靠著歐陽鋒的招牌，本人如同不存在一樣，這種人，現實社會之中，倒也並不罕見。

歐陽克本來不值一提，但由於歐陽鋒的緣故，算是便宜了他。

◆「九陰假經」的玩笑

歐陽鋒就大不相同了。

歐陽鋒外號「西毒」，他對自己的這個外號，十分滿意：

西毒歐陽鋒聽旁人說他手段毒辣，向來不以為忤，反有沾沾自喜之感。「兄弟既有了西毒這個名號，若非在這『毒』字功夫上稍有獨得之秘，未免愧對諸賢。」

歐陽鋒大奸大惡，他的奸惡是擺明了來的，絕不加任何掩飾，也不加任何做作。像這樣的奸惡人，其實現實社會中絕少存在，幾乎沒有。現實社會中的奸惡，絕大多數像《笑傲江湖》中的岳不羣，絕不是歐陽鋒。

此所以，和歐陽鋒打交道，反倒容易，早加提防，不太容易中他的暗算。雖然歐陽鋒無時無刻不想暗算他人，但是司馬昭之心，對他自己來說相當吃虧，但是他仍然不加掩飾，這是這個人性格上的特異之處。

歐陽鋒的下場十分可憐，變成了不知道自己是什麼人的一個心智失常的瘋子。

這一切，全是因為他覬覦九陰真經而起的。歐陽鋒為何那麼想要得到九陰真經？他本身武功已是如此高強，又擅長使毒，單打獨鬥，誰也奈何不了他。九陰真經對他來說，其實並沒有多大的用處，一念之貪，被洪七公做了手腳，弄到手的是

「九陰假經」。

洪七公在這件事上，雖說事出無奈，對付的又是歐陽鋒這樣的人，多少有點不夠漂亮，這樣的事，讓給周伯通去做，對周伯通的身分又適合，真是天造地設之至。情節的發展，可以改為周伯通、歐陽鋒打賭，等到滿海是死鯊魚，周伯通認輸之後，歐陽鋒要周伯通默誦九陰真經，周伯通寧願跳海，在將跳未跳之際，突然想起可以開歐陽鋒一個天地間最大的玩笑，給了他「九陰假經」，豈非有趣之至？

周伯通放過了這樣一個大玩笑，讓給了洪七公去玩，只怕他要搥胸頓足，懊喪不已。連郭靖都想到了這一點！

「這般捉弄人的事，蓉兒和周大哥都最是喜愛……周大哥卻永遠聽不到我這促狹之事了。」

洪七公和郭靖夾手夾腳，行此促狹之事，總不如由周伯通來做的好。

不過洪七公一生少開人這種玩笑，開了一次，報應立到，他和歐陽鋒在著了火的船上惡鬥，本來已佔上風：

洪七公穩操勝算，愈打愈是得意，忽然想起：「我若將他打入火窟，送了他的性命，卻也無甚意味。他得了靖兒的九陰假經……這個大當豈可不讓他上？」

就是為了這一念之差，放過了千載難逢的機會。要知道洪七公的武功雖高，但和歐陽鋒也只是旗鼓相當，半斤八兩，好不容易佔了火勢的光，有一次穩操勝算的機會，就此放過，可惜可惜。看歐陽鋒練九陰假經，周伯通才有興趣，又不是有什麼東西可吃，洪七公何以突然起此念頭，真是氣數。

在這以後，接下來的水中、海上、火裡的惡鬥，大約三數千字，真是激烈之極。仔細一句一句去看，在腦中設想其時的真正情形——這場打鬥，若是想拍電影，世上沒有人可以拍得出來，拍了也不像樣，所以只好靠自己去想，閉上眼睛仔細設想，其味無窮——這是看金庸小說的一大訣竅，不是看過就算，若是看了就算，又怎麼能夠韻味無窮無盡？

◆老毒物的自恃

歐陽鋒和郭靖兩人一起落海之後的那一段，寫來極表現歐陽鋒的性格，兩人落水之後，抓住了一根斷桅，在大海上飄流，一共「漂流了數日」。

在這幾天之中，歐陽鋒要對付郭靖，真是易如反掌，可是事實上：

這兩個本要拚個你死我活的人，在大海之上竟然扶住半截斷桅，同桅共濟起來。

歐陽鋒的水性不好，但郭靖的水性也未必好，在大海之中，歐陽鋒絕無求於郭靖之處，而他卻並沒有對郭靖出手。郭靖可能還不知道自己這條命，若不是歐陽鋒雖然奸惡，但自視極高，不屑在這時出手殺郭靖，早已葬身大海之中了！

歐陽鋒的自恃，要維持一代大宗師的身分，倒真正做到了宋代理學家提倡的「不欺暗室」的地步，他可以騙盡天下人，可是不騙自己。

在茫茫大海之中，歐陽鋒若是殺了郭靖，當真是神不知鬼不覺，只要他自己不說，誰也不會知道，可是他有所不為，郭靖這才小命得保。

在海上遇險，歐陽鋒的蛇杖失去，反倒是受了重傷昏迷的洪七公，打狗棒猶在，真是丐幫歷代幫主陰靈護佑。

島上生涯，黃蓉使盡了聰明，最後在海上，洪七公又救了歐陽鋒一次，這就是洪七公的難能可貴之處，而且他明知自己救的是什麼人。在這段救人過程中，也從洪七公的口中，道出了歐陽鋒的為人：

黃蓉道：「要他先發個毒誓，今後不得害人，這才救他。」洪七公嘆道：「你不知老毒物的為人，他寧死不屈，這個誓是不肯發的。」

洪七公的「嘆」，其中大有讚嘆的成分在，西毒北丐兩人，行徑雖然無一相同，但是性格中也有相同的一面，至少，都有武學大宗匠的身分。連黃蓉、郭靖，也終於了解了這一點！

「此人雖然歹毒，但在死生之際，始終不失了武學大宗師的身分。」

單是這一點，也就真不簡單了。別以為奸惡之極的人一定怕死，歐陽鋒不怕死，「寧死不屈」，現實生活中也有面臨生死大關、寧死不屈的奸惡之徒。大抵一個人，若是歹毒奸惡到了極處，物極必反，在性格上總可以產生出一點與眾不同的地方來。「寧死不屈」本來只是在忠臣義士身上找得到的品德，但是在大奸大惡人身上，也真正是有的。

當歐陽鋒遇上了完顏洪烈，在船上倒拿靈智上人，氣勢之壯，令人心服。完顏洪烈想收他為己用，歐陽鋒就一點沒將這大金國的王爺放在心裡：

「我歐陽鋒是何等樣人，豈能供你驅策？」

不過歐陽鋒奸詐，和完顏洪烈有說有笑，黃藥師一上船，對完顏洪烈就「向他瞧也不瞧」，不將王爺放在眼中的氣度，兩個人倒全有的。

◆趣味無窮的鬥智

在《射鵰》中，黃蓉和歐陽鋒有過無數次的鬥智，不論是大鬥智還是小鬥智，都寫得精采萬分，成為《射鵰》中趣味無窮的情節。

其中有一節是在嘉興鐵槍廟混戰之後，黃蓉落入了歐陽鋒的手中，後來在蒙古西征大軍之中，歐陽鋒找到了郭靖，反而郭靖追問黃蓉的下落，兩人的對話如下：

「那丫頭在嘉興府鐵槍廟中確是給我拿住了，那知過不了幾天就逃走了。」郭靖大喜叫好，說道：「她聰明伶俐，若是想逃，定然逃得了。她是怎生逃了的？」歐陽鋒恨恨的道：「在太湖邊歸雲莊上……呸，說他作甚，總之是逃走了。」郭靖知他素來自負，這等失手受挫之事豈肯親口說出，當下也不再追問……

這一段，是《四看》中引用原著最長的一段了，其所以引用了這麼多，是有原因的。

黃蓉與歐陽鋒武功懸殊，黃蓉落在歐陽鋒手中，是怎麼逃出來的？後來郭靖重遇黃蓉，黃蓉說了逃走的經過，倒也平平無奇，只不過是利用了歸雲莊上奇門布置而已。其實這個解答，還是自始至終暗寫，不要明提的好。就像歐陽鋒所說：「說他作甚，總之是逃走了！」

不明寫，有什麼好處呢？大有好處。

好處是：可以留無窮的想像餘地給讀者。

黃蓉究竟是怎麼逃走的？又有了一些什麼計謀？老奸巨猾的歐陽鋒怎麼會上當？其中兩人的鬥智過程如何？

這許多問題，都可以引起極大的討論興趣。甚至可以徵文，由讀者撰寫黃蓉和歐陽鋒這一段鬥智的經過——有了歸雲莊的提示，從這方面想開去，黃蓉已經用過的計謀，當然不能再用，看老毒物如何看不住小黃蓉，各抒己見，豈非大妙？

還有，大有一些至今認為武俠小說沒有什麼大不了，甚至侈言武俠小說十分容易寫的人，也大可「牛刀」小試，就寫寫這一段，看看是不是有能力把這一段寫出來，人物性格全是現成的，若真是武俠小說容易寫，應該可以不成問題吧？

可惜，金庸已把答案寫了出來，這些有趣的測試，都不能進行了。

◆笑聲中攜手而逝

歐陽鋒最後因為練了九陰假經，成了瘋子。成了瘋子之後的歐陽鋒，似乎沒有再做什麼壞事，而且對楊過極好，使他變得可愛了。尤其，當他和洪七公拚武功，到最後，突然之間，神智清醒，知道了自己是誰，這一段動人之極，看得人心血沸騰：

突然間迴光反照，心中斗然如一片明鏡，數十年來往事歷歷，盡數如在目前，也是哈哈大笑……兩個白髮老頭抱在一起，哈哈大笑，笑了一會，聲音越來越低，突然間笑聲頓歇，兩人一動也不動了。

在臨死之前的一霎間，什麼恩怨得失，九陰真經，心力交瘁去求的一切，都一如煙塵，都在笑聲之中煙消雲散，兩人的大笑，只怕是笑以前數十年自己做的事！無有一樁不可笑？

歐陽鋒畢竟了不起，最後想出了破打狗棒法最後一招的招式，連洪七公也不禁大叫：

「老毒物，歐陽鋒，老叫化今日服了你啦……老毒物歐陽鋒，虧你想得出這一著絕招，當真了得，好歐陽鋒，好歐陽鋒。」

歐陽鋒的這一招，楊過是學會了的，但是以後卻從來也未見他用過。

歐陽鋒是上上人物。

好歐陽鋒！

15

南帝和瑛姑

東邪西毒南帝北丐中神通，是《射鵰》中的五大高手，中神通已死，以周伯通來陪襯，東、西、南、北四大高手十分重要。在這四大高手之中，南帝最弱，他的一陽指功夫自然非同小可，弱的是這個人有點小裡小氣，說不出來的一種叫人不舒服的味道。

南帝給人以這種差勁的感覺，自然是表現在瑛姑的孩子受了傷，他不肯出手相救這一點上。所以，把他和瑛姑合起來一併談。

◆瑛姑為何留在宮中？

瑛姑和周伯通的關係，在提到周伯通的一節之中已經講過，不再重複。

瑛姑也是一個莫名其妙的女人，當她和周伯通私通的事被發現之後，周伯通大叫大嚷離去，瑛姑分明是愛周伯通的，她為什麼還留在宮中？

那時，南帝對瑛姑的態度，倒還算大方，「區區一個女子，又當得甚麼大事？」要送給周伯通為妻，瑛姑自然千情萬願。待周伯通「揚長出宮」之後，事情比較麻煩一些，但瑛姑只要提出要走，段皇爺一定答應。就算瑛姑無面目提出要走，溜出皇宮去，也是容易之極的事情。

當時的情形，瑛姑再留在宮中，實在是沒有面目至於極點，她留下來的目的不知是什麼？

暫時留下來，倒也罷了，等到她發覺自己有了身孕之際，還要留在宮中，一直等到孩子出世，那可是想不通到了極點。

這個孩子是周伯通的，一定騙不過任何人，瑛姑為什麼賴在宮裡產子呢？

要是這個孩子，不是生在宮中，自然不會遭了裘千仞的毒手。自然這樣一來，《射鵰》、《神鵰》中精采紛呈的情節，也就不再成立，但是卻有一個極有趣的改變，那就是：世上有了一個小老頑童。這個小老頑童，可以成為比他老子更有趣的人物，可以有老頑童的頑皮成性，完全不顧一切，只求頑皮的性格，但是在智能上又比老頑童來得高。

在金庸的筆下，已經有了各種各樣性格的人，但似乎還沒有這樣的一個人，而這個人又必須要和老頑童一樣的頑皮，除小老頑童之外，應該不做第二人想了。只可惜這個孩子無聲無息，早已夭折。後來周伯通只問了問孩子的頭髮有幾個旋就算數了。

◆莫測高深的段皇爺

段皇爺早就要將瑛姑送人，瑛姑就算留在宮中不走，任何男人在這樣情形下，都會對這個已經屬於別人的女人，不再關心什麼的了。可是段皇爺十分特別，他還在不斷想念瑛姑，半夜去探聽動靜，聽到了小孩的啼哭聲，大吃其醋，站了半夜，竟得了一場大病。

這一點，連黃蓉也覺得怪不可言：

黃蓉心想他以帝皇之尊，深更半夜在宮裏飛簷走壁，去探望自己妃子，實在大是奇事。

其實，就算以帝皇之尊，深更半夜飛簷走壁去探望自己妃子，也不算什麼奇事，或者可以多增情趣。但是問題在於：他已經將瑛姑送過人，瑛姑實際上已不再是他的妃子了，他還去幹什麼？段皇爺嬪妃眾多，瑛姑除了練武聰明之外，也未見有別的什麼特出之處，這位段皇爺真是太奇怪了。

等到孩子受了傷，段皇爺想起了許多往事，忽然有了這樣的感覺：

「大丈夫生當世間，受人如此欺辱，枉為一國之君……怒火填膺……」

這和當日他要把瑛姑送給周伯通時所說的那番大方話，相去一天一地。難道當日他是當著王重陽，做作出來的？不然何以這番怒意，留了將近一年，才發作出來呢？

段皇爺全然有權不救瑛姑的孩子，但是為了吃醋妒忌，卻不應該。

南帝做事，每多如此莫測高深。在《神鵰》之中，他要渡裘千仞的那一大段，更是高深之極、古怪之極。後來，又和周伯通、瑛姑一人一間茅屋，住在一起，更有點叫人丈二金剛摸不著頭腦。

段皇爺不算是什麼出色人物，雖然由他而起的情節極其豐富。

南帝至多只是中上人物，四大高手之中，排名最末。

四大高手的排名應該是：洪七公、歐陽鋒、黃藥師、一燈大師。

這四個人的高下次序排名十分容易，不必考慮有兩個差不多，難定高下，因為四個人實在差別甚大。

16 其他人物

《射鵰》只就人物來看，已看了這許多，金庸小說，人物活現是最大的特點，所有故事情節，全因為人物性格的矛盾衝突而生，所以，看人物，連帶看情節，是一個很好的辦法。

《射鵰》中主要的人物，差不多已看完了，餘下的全不是重要人物。

其中，較重要的是鐵掌水上飄裘千仞，但這個人出場遲，沒有什麼大作用。論反派，有歐陽鋒珠玉在前，怎麼也輪不到他，這個人物，可能是金庸在寫《射鵰》之初，想也未曾想到過的，是創作計畫以外的一個人物。

另外還有梅超風和陳玄風，這兩個黃藥師的弟子，寫得極成功。梅超風的地位也相當重要，幾次出場，鬼氣森森，她心狠手辣，比起《神鵰》中的李莫愁，格調比李莫愁來得高，這樣的狠腳色，在金庸的作品之中是獨一無二的，本來可以獨立成章來談，可是她出場頗多，可以尋究的資料卻並不多，所以捨割了。陳玄風一出場就胡裡胡塗死在郭靖匕首之下，更沒有什麼好說的了。

跟著完顏洪烈的那些「高手」，初出場時，氣勢也不小，但到後來，只成了跟來跟去的小人物，全然不值一提。陸乘風等人，也沒有什麼好說的。

全真教中，丘處機混帳之極，已經提過，其餘人也乏善足陳。套一句書中的話：「全真教自王重陽死後，全不是東西！」後來楊過在全真教吃足苦頭，更證明全真教不是東西。

倒是那匹汗血寶馬，極其靈動。本來還有一隻專啄人眼，是天下毒蛇剋星，在火中洗澡的「血鳥」，在新版中給金庸刪掉了，不然，這一隻小小的血鳥，比那兩頭大鵰好玩得多。

17

結語

《射鵰》在金庸的小說之中，雖然最多人傳誦，但在十四部作品中的地位不高，撇開了幾個短篇不算，它的長篇小說的地位，在金庸的作品中是在較末的地位。在《我看》之中，將之排名第八，看來並沒有變更的必要，仍在原位。

《神鵰》就大不相同，在金庸小說中，是排名在前三、四名的作品。

一九八二・十二・十一　香港

第二章

神鵰俠侶

1

分成正續集的《神鵰》

《神鵰俠侶》的小說結構相當奇特，在金庸小說之中也只有這一個例子，實際上，《神鵰》是分成正、續兩部分的。

正集共三十二回，到楊過「腰懸木劍，身披敝袍，一人一鵰，悄然而去……」為止。

續集是十六年以後的事了，從〈風陵夜話〉開始一直到全書結束，只有八回。

正集和續集所佔的比例不相稱，讀者不妨在看完了《神鵰》之後，仔細想一想，如果一部《神鵰》到三十二回便告結束，那怎麼樣？這部小說，是不是可以算是完整？

答案是肯定的，即使《神鵰》只有三十二回，是一部完整的小說，該交代的都交代了，該了結的都了結了，那和《雪山飛狐》這種沒有完結的結局全然不同。在續集中出現的人物，有絕大多數，甚至都是在第一部分中全然未曾出現過的。

所以，甚至不必稱為《神鵰》的第一部分和第二部分，可以直接稱之為正集和續集。

續集、正集之分，並不是說續集不好、正集好，這其間不存在好不好的問題，而是正、續集之分，正集可以獨立，續集也可以獨立。在續集中，主要人物甚至已不是楊過、小龍女，雖然整部《神鵰》出現這樣奇特的正續集式的結構，全然是由於楊過、小龍女之故。

續集是為了使小龍女再出現而存在的，金庸照樣可以將之寫得如此精采紛呈，平空又多出那麼多人物來，小說寫作功力之深，真是無人能及，尤其是郭襄，把她寫得活龍活現，一點也沒有因為一個目的而作續集的意興闌珊、草草了事之感。

2

郭襄

郭襄和郭破虜兩個人站在一起，郭襄像是隨時隨地要從書中跳出來，俏生生、笑嘻嘻地站在讀者面前一樣，但郭破虜卻差得遠了，濃眉大眼一個少年，或許他太像郭靖了，所以沒有什麼可以寫的。

然而郭襄卻不是黃蓉，不是黃藥師，她是她自己，比黃蓉可愛得多，不但比「神鵰黃蓉」可愛，也遠比「射鵰黃蓉」可愛。比起她的姊姊郭芙，更不知可愛了多少倍。

◆爽朗可愛的小姑娘

郭襄一出世，就已經構成了《神鵰》中大串驚心動魄的情節，不過那和郭襄無關。郭襄在〈風陵夜話〉那一回，一出場，就已經把她的性格表露無遺，使讀者一看就喜歡她。

她那年十六歲，和黃蓉在《射鵰》中出場的時候同年，讀者不妨比較一下，郭襄比黃蓉可愛多少？郭襄豪爽、正直、明朗，完全是一個少女，不用機心去算計人，可是她也一點不笨。她欽慕神鵰俠，可以跟著來歷不明的西山一窟鬼去直闖。若是換了黃蓉，一定要先考慮了得失，再來行事，哪像郭襄這樣，想到就做，勇往直前！

而這樣的一個少女，外型算是「清雅秀麗」、「文秀」。然而她和江湖上粗豪的漢子在一起，卻又一點不覺得礙眼，拔下金釵請人喝酒，喜歡和魯有腳聊天，一切都是那麼自然親切。

而且，一個文秀少女，她的動作卻並不文秀。當她聽人講神鵰俠的英雄事蹟，

「聽得悠然神往，隨手端起酒碗，喝了一大口」，此情此景，又是何等有趣？

然而，十六歲畢竟不是小姑娘了，她根本不知道神鵰俠是什麼樣子，但在「悠然神往」之餘，心中生出了無窮的幻想，自然，那純粹是少女式的幻想，她想見上神鵰俠一面：

「若能見他一面，能聽他說幾句話，我……我又可比甚麼都歡喜。」

這種幻想式的、朦朦朧朧的對英雄之崇拜，在開始的時候，已經不單是好奇。她關心神鵰俠何以只剩下了一條手臂，也想知道神鵰俠有什麼心事，為什麼呆呆地望著海潮。這當然已不單是好奇、崇拜，而是少女的心意，覺得要親近這個人、關心這個人。

對一個未曾見過、只聽傳說的異性，成熟的女人是不可能有愛意的，因為成熟的女人想得太多，考慮得太多。可是對一個少女，尤其是像郭襄那樣，一直有著豐富幻想的少女來說，愛一個只是傳說中的人物，並不是不可想像的事。

郭襄自然是愛楊過的，才聽說有這樣一個人時，已經有了愛意，見到了之後，更加愛意茁長，但是她從來也沒有表達過，一點也不表達。所以，爽朗活潑的小郭襄，心頭其實也很有陰影，只不過她從來不加表露而已。

且看郭襄對楊過的感情：

郭襄滿臉喜色，低聲自言自語：「我生下來沒到一天，他便已抱過我了。」聽姊姊說自己幼時曾得他抱過，更是心中火熱，恨不得能見他一面。

郭襄心意已決：「今晚縱然撞到妖魔鬼怪，我也要見那神鵰俠一見。」

郭襄的性格雖然比較衝動，但如果不是在客店之中，聽了神鵰俠的事跡，又知道自己幼時曾和他有一定的關係，心中有一種奇異奇妙的感情的話，也不會連妖魔鬼怪都不怕，一定要去見他一見。

郭襄這時想見神鵰俠，自然是懷著一種少女心意之中十分隱秘的願望，這種願望，對她自己而言，可能也是模模糊糊，說不出所以然來的，可以肯定的，只是一定要實行這個願望。

至於見到了之後會怎麼，那不是少女郭襄所考慮到的事，那是以後的事！

◆女兒家的情懷

甚至見到了神鵰俠之後，郭襄的反應，金庸只用了寥寥百餘字，卻將一個少女的心意，寫得入木三分：

郭襄未見他之時，小姑娘的心中將他想像得風流儒雅、英俊瀟灑，此時一見，不禁大失所望，心道：「世上竟有如此相貌奇醜之人！」忍不住再向他望了一眼，卻見他一雙眸子精光四射，英氣逼人。那閃電般的眼光掃過她臉時略一停留，似乎微感奇怪。郭襄心口一陣發熱，不由自主的暈生雙頰，低下頭來，隱隱約約的覺得，這神鵰俠倒也不怎麼醜陋了。

此所以，在懷有要見他一見的願望之際，懷有這種願望的少女，是根本不必考慮後果的。因為後果只可能有一個：再不好的，由於心中已有了先入之見，壞的也會變成好的。

那時楊過戴著面具，「臉色焦黃，木僵枯槁，那裏是個活人？實是一個殭屍。」難看至於極點。可是小姑娘看多幾眼，覺得「倒也不怎麼醜陋」，世上最沒有道理之事，每在於此，心中生出了情愫時的少女，是最最不可理喻的了。

至於「心口發熱」、「暈生雙頰」、「低下頭來」這一連串的反應，除了是小鬼頭春心動了之外，似乎也不可能再有別的解釋了。

一見之後，楊過大展神威，所以楊過一走，郭襄就：

> 不知不覺的緩步跟在楊過後面。

楊過在早年浪跡江湖之際，對異性的態度十分隨便，儘管他對小龍女情意深切，但對其他女孩子，也有到處留情之嫌，至少，其餘女孩子為他顛倒或是暗戀他之際，他十分自得。這時，楊過已經歷盡滄桑，郭襄的心意，他自然看得出來，可是楊過始終裝著全然不知，絕不給郭襄以任何表達的機會，此所以郭襄再暗戀楊過，也無法表達。

楊過和郭襄都是聰明人，不必多費什麼唇舌，郭襄既知楊過對自己絕無意思，自然也把心意深藏起來了。

郭襄那時畢竟年幼，不知相思之苦，但當她聽到楊過告訴說他對小龍女的思念之際，她也不禁大是激動：

……不由得怔怔的流下兩行清淚，握著楊過的手，柔聲道：「老天爺保祐，你終能再和她相見。」

郭襄流淚，能沒有為她自己而流的成分在內嗎？當然有，因為這時，她已肯定知道，楊過始終只能是她的「大哥哥」。而郭襄要的，又豈止是大哥哥而已！所以郭襄的態度也起了改變：

郭襄自和楊過相見以來，一直興高采烈，但這時卻默默無言……臉上微帶困色……悄悄發愁。

後來，郭襄終於哭了起來，這一次，是全然為自己而哭的，而楊過知道了她的身分，也不由得「痴痴怔住」。

但是兩人之間的感情，也只是到此為止而已。

後來，郭襄對楊過的思念，甚至忍不住對她姊姊炫耀，一想到楊過，就「雙頰紅暈，眼波流動，神情有些特異。」黃蓉更加看了出來：「常常獨個兒呆呆出神，今晚說話的神氣更是古怪。」

只有郭靖這樣的蠢人，才以為郭襄是「受了驚嚇」。黃蓉就十分明白這是「女孩兒家的情懷」。可是黃蓉之差，真是差到了極點，到這時候，她還胡思亂想，認為楊過是利用她的小女兒來報仇了，真正混帳至於極點，不堪至於極點，想楊過來報仇還情有可原，想到郭襄在風陵渡一日兩夜不歸，「已和他做出事來？」那真是不可原諒之至了。

「神鵰黃蓉」只是下等人物。

◆情意之深，洶湧澎湃

楊過自知無法滿足郭襄對自己的一片情意，他用別的方法回報，使得郭襄所受的寵愛，簡直已到了一個少女所能得到的極限了，生日宴上的三件大禮，只怕郭襄一輩子都不會忘記，不過也更增日後回想的惆悵。楊過當晚走後，她就「心中傷痛再難忍受」，小姑娘真是命中多磨，令人同情。

而郭襄年紀雖小，對情愛的觀點，倒十分深刻：

她是沒有法子啊。她既歡喜了……便有千般不是，她也要歡喜到底。

這種用感情法，率真之極，也唯有真性情的人才能這樣想、這樣做。著名歌手洛史都華有一首歌：「如果愛你是錯，我不要對。」完全是一樣的意思。在愛情之前，去衡量對、錯、得、失，那是在做交易，不是在愛了。

等到楊過跳下了萬丈深谷，郭襄立時跟著向下跳：

當時也不知是為了相救楊過，又或許是情深一往，甘心相從於地下，雙足一登，跟著也躍入了深谷。

金庸由於一直在暗寫郭襄的戀情，所以到最後還要掩飾一番。郭襄跳進深谷，怎能救得了楊過。自然是為了情深一往！而這情之深，也到了生死相從、絕不考慮的地步。

在《我看》中，曾評《神鵰》是一部情書，寫情之深，處處令人神往。郭襄雖是少女，但情意之深，也洶湧澎湃，只怕除了周伯通這樣的人之外，世上真的再沒有人可以脫出情關了。

後來郭襄見到了小龍女：

……嘆了一口氣，道：「也真只有你，才配得上他。」

直到這時，小郭襄才死了心，真的只好「嘆了一口氣」了。

在評論《神鵰》時，曾提出過，小龍女如果從絕崖躍下之後，再不出現，在小說的結構上更為完整。如果小龍女真的不再出現，楊過和郭襄之間發展下去會如何呢？不妨杯酒在手，慢慢設想，可以不知東方既白，讀小說的樂趣，一至於此！

《神鵰》在最後，加了一段郭芙的自白，想到她自己對楊過的感情，大可不必了，上海人說，叫「謝謝一家門」。郭大小姐和楊過相去一天一地，小龍女、郭襄還可以，其餘的，想都不必想了。

楊過、小龍女後來都想設法叫郭襄歡喜，不要再總是想心事，但終於無法做得到，《神鵰》全書的最後一句竟然是：

郭襄再也忍耐不住，淚珠奪眶而出。

唉，情何以堪！

《神鵰》續集，寫的其實只是郭襄一人。

郭襄是上上人物。

3 金輪法王

金輪法王是貫串全部《神鵰》的「反派人物」。

◆絕頂高手出師不利

其所以在「反派」之上，加上引號，是因為金輪法王其實並不奸惡，他做的一切，全是在他為蒙古人做事這一點上出發的，就自然而然成了反派。看完全部《神鵰》，真找不出他有什麼大奸惡來，如果必也正名，可以稱他為「敵對人物」。

金輪法王是一個番僧。「番僧」本來是武俠小說中的熱門人物，但是在金庸的武俠小說之中並不多見，算得上是人物的番僧，只有金輪法王、鳩摩智和桑結喇嘛而已。而其中，金輪法王是金庸筆下第一個出現的「番僧」式的人物。

金輪法王在續篇中，因為郭襄去找楊過，而落入他的手中，忽然想起收郭襄為徒，這一段十分有趣。金輪法王一生自負，可惜沒有好傳人，有一個大弟子，又早已死了，其餘兩個弟子，一個只是氣力大，一個奸詐無比，所以到了後來，一身文才武學，無人可傳，使他心靈感到十分寂寞。所以見了可愛的小郭襄，就忍不住想收她做徒弟了。郭襄也真是得人喜愛，才出世不久，落入女魔頭李莫愁手裡，李莫愁也不捨得害她。不過後來金輪法王吃了郭襄不少苦頭，發起狠來，才要把她綁在高台上來燒，這一段情節，也是驚心動魄之極。

而和金輪法王有關的最精采的情節，可能是金庸小說之中最精采的情節之一，還是在英雄大宴上。金輪法王突然出現：

一個身披紅袍、極高極瘦、身形猶似竹桿一般的藏僧，腦門微陷，便似一隻碟子一般。

金輪法王的身形，不是又高又瘦，而是「極高極瘦」，究竟高到什麼程度，之後在《神鵰》一書中，始終未詳加敘過，以致他「極高」的外形，給人的印象並不算是太深刻。

在英雄大宴上，楊過、小龍女聯手大戰金輪法王後，金輪法王曾和郭靖對了兩掌，其一：

……郭靖……急使一招「見龍在田」……兩人雙掌相交，竟沒半點聲息，身子都晃了兩晃。郭靖退後三步，金輪法王卻穩站原地不動。

金庸對這兩大高手的武功評語是：

金輪法王……本力遠較郭靖為大、功力也深，掌法武技卻頗有不及。

這樣的評語，十分深奧。金輪法王的功力深，掌法不及，那雙方在對掌的情形之下，應該是郭靖不及金輪法王才是。但是兩人並非比拚內力，而是雙掌一擊，立時分開，所以反倒是郭靖佔了便宜。郭靖「順勢退後，卸去敵人的猛勁，法王卻強自硬接了這一招……」

但兩人的武功各擅勝場，真要打起來，半斤八兩，只怕和當日洪七公對歐陽鋒一樣，千招之下，難分高下，再打下去，也要落個兩敗俱傷。

可是金輪法王真正倒霉，第二次對掌時，郭靖：

一招「飛龍在天」，全身躍在空中，向他頭頂搏擊下來。

而金輪法王「掌力急轉，『嘿』的一聲呼喝，手掌與郭靖相交」。

這一來，金輪法王又吃了站在地上的虧，郭靖身在半空，借著對方掌力，順勢翻身而下，但金輪法王卻大耗內力真氣，又硬接了一掌。

郭靖並不是存心取巧，只是第一掌，他根據武學之理，後退卸對方之力；第二掌，郭靖在半空，非如此不可。這兩掌一對，金輪法王先自氣餒了一半，出師未捷，已是大受打擊，這是他運氣太差之故。再加上楊過、小龍女突然出現，雖然他打贏了小龍女，卻被楊過拚死把他的金輪奪了下來。

他號稱「金輪法王」，連招牌武器都叫人奪了下來，心中懊喪，可想而知，饒是他「清明在躬，智慧朗照，這時卻不由得大動無明。」他一沉不住氣，更是糟糕之至。

「好的開始，是成功的一半。」金輪法王一出師就不利，後來又被楊過、小龍女雙劍聯手，打得狼狽逃命，一身武功，處處遇到剋星，真是運氣差極。而他最吃虧的，還是吃虧在這樣一來，他氣餒了：

「天下之大，果然能人輩出，似這等匪夷所思的劍法，我在西藏怎能夢想得到？唉！我井底之蛙，可小覷了天下英雄。」

氣勢一餒，以後自然著著失利，以致後來被石陣困住，他破陣之際，被大石砸傷。一個功力比郭靖還深的絕頂高手，竟會在這樣的情形下受傷，真是時也命也，無話可說了！

金輪法王也深感到這一點，所以他「心中思潮起伏」：

「難道老天當真護佑大宋，教我大事不成？中原武林中英才輩出，單是這幾個青年男女，已是資兼文武，未易輕敵，我蒙藏豪傑之士，可是相形見絀了。」

金輪法王不知道的是，他雖然受了傷，但是他以一人之力，對付了多少人！幾乎《射鵰》、《神鵰》中所有的高深武功，全都在了。他先和郭靖對「降龍十八掌」，又和楊過、小龍女惡鬥，連早已死了的王重陽和林朝英的武功也遇上了，接下來，又是黃藥師的奇門五行，洪七公的打狗棒法，以他一人之力，接戰那麼多高深武學，還走得十分從容，真正足以自傲了！

◆單打獨鬥，誰也不懼

一直到了最後，金輪法王首次出師不利之後，把「龍象般若功」練到了第十層，以為這下總可以揚眉吐氣了，誰知道運氣差起來，真是沒有辦法。他拿住了郭襄，在絕情谷，這次遇到的中原高手是周伯通、黃蓉、一燈大師、瑛姑和黃藥師。上次未曾遇到的高手全在了！黃蓉首先出手，這時的黃蓉和他上次遇到的不同，不再是孕婦，身壯力健，而且一動上手，周伯通也上去夾攻，他又遭遇到一動手便失利的挫折：

他埋頭十餘年苦練，一出手便即無功，自是大為焦躁。

這「一出手便即無功」，最打擊人的自信心，金輪法王兩次一出手，遇到的全是他一個人能力對付不了的許多高手，真是命運差極。

等到黃蓉和周伯通兩人打不過金輪法王，瑛姑上來湊熱鬧，一燈大師的一陽指也自出動，成了四個打一個的局面。這還不夠，還有一對大鵰，自空中下擊。

在這樣的情形之下，金輪法王尚且能擺脫各人，向外逃走，可是這時，又出來了一個高手，東邪黃藥師到了！三大高手，黃藥師、周伯通、一燈大師將他團團圍住。

要知道在這時候，金輪法王還未曾落敗，他傷了大鵰，全身而退，只是對方高手實在太多，所以他無法可想：

……長嘆一聲……說道：「單打獨鬥，老僧誰也不懼。」

黃藥師和一燈大師兩人，聽得金輪法王這樣說，一定心中慚愧，所以都無話可說。而周伯通沒有是非觀念，若是講江湖道義，在這時候，只要是高手，再無以三攻一之理，但周伯通強詞奪理：

「不錯。今日咱們又不是華山絕頂論劍，爭那武功天下第一的名號，誰來跟你單打獨鬥？」

周伯通承認了金輪法王的話「不錯」。黃藥師和一燈大師口雖不語，心中自然也是承認了的。

這裡就有一個十分有趣的問題：如果是在華山絕頂論劍比武，那天下第一的武功名頭，究竟歸誰？周伯通、一燈大師、黃藥師是都輪不到了，他們要合力才能對付得了金輪法王。

那麼，剩下來有資格爭武功天下第一名號的人，只有兩個半。

兩個是：金輪法王、郭靖。

半個是：楊過。

楊過只能算半個，是因為他的「黯然銷魂掌」，要他和小龍女又到了生離死別之境，才能使得出來，這一點，後來楊過和法王高台交戰，寫得十分明白。

郭靖和金輪法王的武功誰更高呢？只怕十六年前，半斤八兩，十六年後，仍然是半斤八兩。

所以金輪法王的武功，是並世三大高手之一，雖然他屢次遇挫，那是他每次遇到的對手實在太強。

那像是世界盃足球賽，本來是一個強隊，若是上來第一仗就遇到冠軍隊，就可能連準決賽都打不進去，並不是這隊球技不行，而是際遇太差了。

運氣不好，際遇差，本身的本領再強，也扭不過去。人力再強，畢竟有限，如何與冥冥中的命運定數相抗？

金輪法王武功絕頂，聰明絕頂，雄才大略絕頂，一樣沒有辦法！

4

《神鵰》黃蓉

已經一再說過，黃蓉在《射鵰》之中，已經不能算是十分可愛的人物，但總還不失是一個聰明伶俐、明艷照人的小姑娘。但是一到了《神鵰》，黃蓉連這些優點都沒有了，變成了簡直不堪。

◆郭靖受到控制

《神鵰》黃蓉的第一不堪，是她對楊過的態度；第二不堪，是她已經完全控制了郭靖。至於嬌縱女兒之類，只不過是小事情而已。

在《射鵰》結束之際，郭靖、黃蓉遇上了才出世的楊過，郭靖替他取了名字，就此別過。前文已有分析，這絕不是郭靖的原意，郭靖不會對義弟之子這樣涼薄，儘管楊康做了不少壞事，但郭靖還是很懷念這位結義兄弟的，那自然是黃蓉的主意。

何況在接下來的十二、三年之中，江湖上一直沒有什麼大事，郭靖、黃蓉在桃花島上，度那神仙歲月，難道以郭靖的為人，竟會一次也想不到有一個故人之子，和自己關係如此密切的小孩流落在江湖之上嗎？當然不會，郭靖一定曾不止一次想到過，但終於未能到江湖上去找楊過，自然也是黃蓉之故。

這一點，可以從郭靖後來一見到楊過，所想到的第一件事，就是要把女兒嫁給楊過得到證明，證明郭靖一直未曾忘記自己和楊家的關係。黃蓉立時阻止。這一段，十分值得注意，因為在這十二、三年之中，每當郭靖想起楊過之際，黃蓉大抵是用類似的方法來阻撓反對的。

還在回桃花島途中，在船上的時候，郭靖便已迫不及待地提了出來：

「我向來有個心願，你自然知道。今日天幸遇到過兒，我的心願就可得償了。」

郭靖雖然傻，而且多年以來，也已經慣受黃蓉的控制，可是笨人發起倔勁來，也不易對付。郭靖的這幾句話，就說得十分厲害。「向來有個心願」，而且直指黃蓉「自然知道」。而今日遇到楊過是「天幸」，這兩個字的意思是說：你不讓我去找，如今天意叫我遇著了他，你無話可說了吧！

聰明絕頂的黃蓉一聽，知道事情不妙，所以她也不迂迴曲折了，立時乾脆拒絕：「我不答應。」

郭靖的反應是「愕然」。接著，黃蓉提出的理由是楊過「聰明過分」了，這是欲加之罪，後來，黃蓉又把話岔了開去。可是郭靖這次不是容易對付的：

兩人說笑幾句，郭靖重提話頭。

「楊康兄弟與穆世姊份上，我實沒盡了甚麼心。」

郭靖稱楊康為「兄弟」，又自知在任由楊過流落江湖這件事上，自己錯了，所以話講得更重！

「怎對得起爹爹與楊叔父？」

郭靖自知爭不過黃蓉，抬出了郭嘯天和楊鐵心來。黃蓉知道不能硬來，只好來軟的，所以柔聲道：

「好在兩個孩子都還小，此事也不必急。將來若是過兒當真沒甚壞處，你愛怎麼就怎麼便了。」

郭靖一聽，以為這次自己堅持一下，已經贏了，高興之餘，站起來向黃蓉行了一禮：

「多謝相允，我實是感激不盡。」

郭大俠儘管武功蓋世，但是兩夫妻之間的關係，卻一直處於絕對的下風，一句話也講不上，難得老婆說一句「你愛怎麼就怎麼便了」，立時打躬作揖，感激不盡，真是可憐。

但郭靖還是高興得太早了，黃蓉立時道：

「我可沒應允。」

郭靖已然「一揖到地」，一聽此言，立時「不禁楞住」。接著兩人又爭辯楊過將來會壞會好，郭靖提到了名字，黃蓉的話，強詞奪理之極：

「名字怎能作數，你叫郭靖，好安靖嗎？從小就跳來跳去的像隻大猴子。」

郭靖一聽得黃蓉這樣說法之後：

瞠目結舌，說不出話來。

郭靖從來就沒有「從小就跳來跳去像隻大猴子」過，聽黃蓉這樣說，他瞠目結舌，心中雪亮，知道黃蓉又開始不講理了。而過去已有無數次經驗，都使他知道，黃蓉一不講理，他必非對手，所以只好「說不出話來」。

而黃蓉呢？知道自己又贏了一次：

轉過話頭，不再談論此事。

從這一段描述之中，可知郭靖就楊過一事，不知提出了多少次，但結果全是郭靖瞠目結舌，說不出話來，黃蓉一笑，轉過話頭，不再談論此事告終。這一次是最嚴重的談判，郭靖連先人都抬了出來，結果仍然沒有用！

郭靖只知黃蓉聰明，不知黃蓉的聰明還是表面的，機心厲害，才是內容！

◆為何憎厭楊過？

黃蓉為什麼那樣憎厭楊過呢？

她一見楊過，態度已經令人吃驚之至，不但先把楊過摔了一交，而且還搶上前去，雙手按住楊過的肩頭，說出了楊過的來歷。楊過是個極倔強的少年，若不是那時黃蓉的神情駭人之極，他怎會昏了過去，驚駭無比？

黃蓉自楊過是一個嬰兒時起，就憎厭他，不願照顧他。楊過長大，成了少年，黃蓉對他的憎厭越來越甚，究竟是為了什麼？

這是一個極值得討論的問題。

任何《射鵰》、《神鵰》的讀者，都可以在半秒鐘之內回答這個問題：因為黃蓉憎厭楊康，所以也憎厭楊過。當然，這是一個表面上看來成立的原因。不過想深一層的話，就可以發現這個表面原因，很成問題。黃蓉是一個聰明人，她討厭楊康，沒有道理因之肯定楊過長大了之後，一定會品行不端，一口咬定楊過會像他父親，這只是一種藉口，對郭靖、對自己的一種藉口，可以藉此公然表示對楊過的憎厭，這個藉口，是她自己都不相信的。

黃蓉自然知道這種藉口對楊過來說，是絕不公平的，但是她又必須這樣做，那又是為了什麼呢？

真正的原因是和楊康的死有關。

楊康在鐵槍廟中，中毒而死，這件事，黃蓉做得極不漂亮。她當時怕自己說了，歐陽鋒不信，還裝神弄鬼，連哄帶騙，要傻姑把楊康殺歐陽克的經過，全都講了出來。

在歐陽鋒在場的情形下，一知道了歐陽克的死因，楊康是死定了的。不管楊康是不是向黃蓉出手、中毒，歐陽鋒一定要殺他來為自己的私生子報仇。所以，黃蓉的行動，是出賣了楊康。

楊康再該死，可以用光明正大的方法去對付他，不應該利用他殺歐陽克那件事，叫歐陽鋒對付他，這種「借刀殺人」的詭計，絕不光明正大。

而且追溯前事，楊康殺歐陽克那件事，是大大的好事，不但救了穆念慈、程遙迦、陸冠英，也救了在密室療傷的郭靖和黃蓉。

黃蓉要在歐陽鋒面前，揭露楊康是殺歐陽克的兇手之際，難道就沒有想一想，當日如果不是楊康冒著生命危險下手，歐陽克一叫「黃家妹子也出來吧」，她和郭靖往哪兒躲？後果簡直是不堪設想之至了！

楊康殺歐陽克的經過，郭靖也知道的，黃蓉借刀殺人、害楊康的方法，郭靖絕不會贊同，黃蓉也心中自知有鬼。所以，郭靖知道楊康已死，是從柯鎮惡的口中得知的，柯鎮惡也沒有詳細告訴他。

後來在西征軍中，郭靖、黃蓉重逢，書中再也沒有交代黃蓉對郭靖說起過楊康死時的詳情。以郭靖的為人而言，自然要問楊康死時的詳情，但也當然被黃蓉支吾其辭，混了過去，「轉過話頭，不再談論此事」，原是黃蓉的拿手好戲。

所以，處楊康於死的導線，是由於黃蓉在歐陽鋒面前，出賣了楊康殺死歐陽克一事，連郭靖也不是詳細知道的。一直到最後，郭靖、黃蓉兩人就楊康之死的那一段對話，極值得注意，足證郭靖自始至終，不知道黃蓉在歐陽鋒的面前，出賣楊康殺歐陽克的那種不光明行徑。黃蓉的說法是：

「而他父親……總是因為一掌拍在我肩頭，這才中毒而死。」

要注意的是，黃蓉在提到楊康的死之前，有「……」，那是猶豫了一下的表示。黃蓉口齒伶俐，講話要猶豫，自然是因為其中牽涉到了她心中的大秘密，不能讓郭靖知道的緣故。

而郭靖真的不知道，以為那只是簡簡單單地楊康要害黃蓉，才一掌擊向她的，所以郭靖說道：

「那可不能說是你害死他的啊。」

郭靖不知詳細的經過，才會這樣說，要是知道了，這時一定默然。因為當日在鐵槍廟中，要不是黃蓉把楊康殺歐陽克的事抖了出來，楊康不會對黃蓉下手。而用這種方法來對付楊康，郭靖必定大不以為然。

由此可知，楊康死時詳細的經過，郭靖自始至終，都是被蒙在鼓裡的。

至於黃蓉硬派郭靖也有殺楊康之心，那自然是想將他一起拉下水的說法。

黃蓉以為這件事處理得很好，以後再也不會有人提起，反正楊康該死，人人皆知。她卻沒有想到，世上忽然多了楊過這樣一個人。

當楊過還是一個嬰兒之際，黃蓉已經知道事情麻煩了，楊過要是長大了，必然會追究父親的死因，也一定會把當年鐵槍廟中的事再度揭出來，而那正是黃蓉最不願意提起的事。

黃蓉當然不是心腸歹毒之人，不然以她的本領而論，要把楊過殺了也不是難事。但是，她卻無法控制自己對楊過的憎厭。

楊過的存在，等於是在她的心中橫了一根刺一樣，什麼時候發作，她完全不知道，她實在不想再見楊過這個人，更不想楊過在她的身邊，但是又無法直接令得郭靖這樣做。

後來，楊過在桃花島上終於住不下去，郭靖把他送走，種種跡象，都可以看出黃蓉是做了不少手腳，在郭靖要教四個孩子武功之際，黃蓉就大大地鬧了一個鬼，原因是：

黃蓉見楊過……依稀是楊康當年的模樣，不禁心中生憎，尋思：「……莫養虎為患，將來成為一個大大的禍胎。」

結果，她輕輕易易，不讓郭靖教楊過武功，聲言由她來教。但實際上，她卻繼續鬧鬼，把楊過帶進了書房之中，不教楊過習武。

在這個階段之中，可以看出楊過實在聰明過人：

幾個月過去，黃蓉始終不提武功，楊過也就不問。

聰明人不做無用之事，楊過雖然年少，但是早已看穿了在桃花島上誰是主宰，明知提了也沒有用，當然不問還好。而他心中也自苦惱，視在桃花島上的日子為大大的苦事：

在海邊閒步，望著大海中白浪滔滔，心想不知何日方能脫此困境。

黃蓉的第一步，是先使楊過感到在桃花島是「困境」，這個目的，幾個月就達到了。

後來，楊過得罪了柯鎮惡，奔向大海，使郭靖、黃蓉之間的關係，更表面化顯露出來。

郭靖正欲上前拉他，黃蓉低聲道：「且慢！」郭靖當即停步。

郭靖真是聽話之極了。

到後來：

郭靖……又要入海去救。黃蓉道：「死不了，不用著急。」

在黃蓉這樣說了之後，郭靖的反應如何，沒有明寫，當然仍沒有去救，但心中如何想，臉上的表情又如何呢？郭靖是明知楊過不識水性的，而這時楊過已經「直奔入海，衝進浪濤之中」。

黃蓉在這樣的情形之下，仍然阻止郭靖出手去救，而說什麼「死不了，不用著急」，那真是不負責任之至。一個少年，不識水性，武功低淺，衝進了浪濤之中，誰都知道是極兇險之事，而黃蓉在這種情形之下，還在賣弄她的聰明過人和料事如神，說這種不負責任的話！

在黃蓉的心中，實在想楊過就此淹死在大海之中最好，這是一個好時機：楊過得罪了柯鎮惡，罪大惡極，又是自己投進大海之中的，就算淹死了，黃蓉的責任也不過出手稍遲而已，連洪七公也曾因貪吃誤事，而未曾趕及救人，就算事情真發生了，黃蓉也必然有辦法使郭靖不怪責她。

黃蓉在「過了一會」之後，才把楊過抱了上來，「過了一會」是多久呢？人在水中，在缺氧的情形之下，實在是過不了多少「一會」的，而黃蓉硬要「過了一會」，可以想像，在過了一會之後，就算她自己不出手，也必然無法阻止郭靖下水的了。

而把楊過拉起來之後：

將他擱在岩石之上，任由他吐出腹中海水，自行慢慢醒轉。

用這樣的方法，來對付一個溺水的少年，這真有點幾近卑鄙了。黃蓉教了楊過三個月論語、孟子，連夫子的「惻隱之心人皆有之」也沒有記住。

在這裡，金庸一個字也不寫郭靖，楊過被拉上水來之後，郭靖顯然也沒有做什麼，因為楊過是「自行慢慢醒轉」的。

這也就是說，如果在溺後立時搶救，還可以活命的話，楊過是連這個被救的機會都得不到的。黃蓉有什麼十足的把握楊過一定會「自行醒轉」呢？楊過不死，是他的命大而已。

金庸在寫郭靖、黃蓉對付楊過的態度之際，沒有一個字正面的譴責，用的全是曲筆，把事實呈現出來，讓細心的讀者，慢慢去玩味。小說要寫到這種地步，不是大高手，絕做不到，我們可以在很多中國文學名著，如《水滸傳》、《紅樓夢》之中，找到這種筆法，金聖嘆評《水滸傳》的筆法之中，把這種寫法稱為「背面鋪粉法」：要襯黃蓉奸詐，就寫郭靖聽話，不能自作主張。

護花主人寫《紅樓夢》讀法中，有如下一條：「讀者但知正面而不知反面也，間有巨眼能見知矣……一經批評，使作者正意，書中反面，如指上螺紋，一目了然。」

讀好小說，正要如此尋究探索，方得奇趣。

到最後，黃蓉一句「大師父，你何必讓這小子」，總算達到了把楊過趕離眼前的願望。黃蓉付出的代價也不少，為了弄走楊過，她寧願和郭靖分離，郭靖一來一去要好幾個月，郭、黃夫妻情深，並無疑問，黃蓉所付的代價不可謂不小。但楊過在眼前，既然令她寢食難安，又想不出長久了斷的辦法，也只好暫時求個眼前清靜了。

◆不負責任的主觀臆測

直至黃蓉再遇楊過，楊過已成長為青年。妙的是郭靖自終南山回去之後，對楊過又不聞不問了，以致楊過反出全真教等等大事，一概不知。這一段日子並不短，有四、五年。四、五年來，全然不問楊過的情形，其間自然又「大有文章」了。

黃蓉再見楊過，楊過騎了瘦馬，潦倒不堪，也不顯露自己有了上乘武功的根底，黃蓉見到了他的反應，金庸寫來妙絕：

黃蓉見到楊過，也是一怔。她可沒郭靖這般喜歡，只淡淡的道：「好啊，你也來啦。」

這真是神來之筆，眼中釘突然又出現，黃蓉連表面功夫也做不出來了！

後來，在和全真派論理之際，郭靖大怒，黃蓉表面上開說，卻暗中落井下石：

「靖哥哥，這孩子本性不好……」

一句欲加之罪的「本性不好」，在這種情形之下何等厲害，對楊過的損害何等之大，這句不負責任、沒有根據、全憑臆測、主觀設想的話，甚至連是非黑白都不分了。黃蓉為了維護自己，真是不堪之極！

黃蓉這一次重逢楊過，看出楊過已非吳下阿蒙，不能像以前那樣對付他，所以曾下了攏絡功夫。《神鵰》第十二回中，有大段黃蓉與楊過間的對白。看起來，黃蓉所說，好像全是真心話，連楊過都相信了，感動起來，以致痛哭。這一大段，寫楊過真，寫黃蓉假，真是好看煞人。

何以見得黃蓉是假呢？楊過在激動之餘，幾次向黃蓉表示：

「很多事我瞞著你，我……我……都跟你說。」

「郭伯母，我有一件很要緊的事跟你說。」

若是黃蓉這時對楊過是真情真意，怎麼會不聽？可是因為她實際上對楊過一點興趣也沒有，目的只是消除楊過的不滿情緒，眼看目的已達，楊過有緊要的事，與她何關，自然推說疲倦，不想聽下去了。楊過這時入世未深，又上了黃蓉一次當而不知，讀者看到這裡，也要緊記，千萬不可也被黃蓉騙過去！

金庸還有更妙的寫法在後面。在英雄大宴之上，楊過、小龍女聯手，扭轉危局，打走了金輪法王，小龍女、楊過當眾表示愛意，郭靖大怒，對楊過動手，把楊過抓了起來，要一掌打死他。在這一段過程之中，聰明機伶的黃蓉在一旁，一句話也沒有講過。

楊過衝進海中，郭靖要去救，黃蓉兩番阻止，郭靖要殺楊過，黃蓉一聲不出，豈不是妙不可言？

而更惡劣的是，小龍女、楊過後來救了她和郭芙，她不知感激，反倒在小龍女面前，說什麼楊過：

「初時自是不會氣悶。但多過得幾年，他就會……煩惱了。」

黃蓉的話，說得本來極是歡悅的小龍女，「一顆心頓時沉了下來」。

黃蓉的話，造成了小龍女的出走，生出了後文的無數事來，情花中毒等等，全是由這句話起的因，黃蓉那句話，又全然是不負責任的主觀臆測。老實說，以她的機智聰明、能言會道，郭靖又習慣了聽她的話，真要有心幫小龍女、楊過，說服郭靖，亦非難事！

但自始至終，她對楊過，因為當年的事而耿耿於懷，總要想點辦法來對付他，所以一點也未曾為兩人出過力，反倒處處落井下石。

一直到最後，黃蓉還是懷疑楊過、防範楊過，甚至思疑他要借郭襄來報仇，以小人之心，度君子之腹，真是至於極點了！

黃蓉在《神鵰》之中，單是她對楊過的種種，已是叫人無法加上半句褒語。

在《我看》中曾寫過：「這樣的女人……男人不妨掩卷想想，誰能受得了？」真受不了，除了郭靖之外，真的誰都受不了。

在《神鵰》中，黃蓉是中下人物。

5 楊過

◆幾分偏激和執拗

當然輪到說楊過了！

金庸筆下，有四個絕頂人物：喬峯、韋小寶、令狐沖和楊過。

四個絕頂人物，自然再難分高下，這四個人性格各自不同，楊過在四人之中，比較突出的是他的性格之中，多了幾分偏激和執拗。

楊過的偏激和執拗，自然是和他童年、少年時的生活有關，和他有著父仇有關。一般來說，性格偏激和執拗的人，都是十分令人難以親近、相當可怕的，但是楊過卻不大相同。

楊過的偏激、執拗，卻是可愛的，那是因為當他表現他這一部分性格之際，都是面對著比他強大不知多少的勢力之前表示出來的，他用自己這一種性格來對抗強勢，不向強勢屈服，令人肅然起敬。

楊過是自小就是這樣的。在嘉興，郭靖、黃蓉初發現他，郭芙的言語中得罪了他，楊過犯了拗勁，郭靖抓住了他的手，他就一拳打向郭靖腹際。

那時，還可以說他不知天高地厚。但後來在桃花島上，他高叫：「你們也不用動手，要我性命，我自己死好了！」衝向大海，連最討厭他的黃蓉也不禁佩服他的傲氣，寧死不屈，楊過又豈在乎一死？

楊過表現自己這種偏激傲勁之處極多。在重陽宮，在英雄大會之前，和全真教諸人理論，在英雄大會之中，不要孫不二的那柄寶劍——若是楊過要了，那麼楊過也就不是楊過了。要和全真教修好幹嘛，讓全真教討厭憎恨好了，又有什麼關係。楊過自有這種氣概，名門正派又怎的？不喜歡就是不喜歡！

至於英雄大會之後，郭靖一下抓起了楊過，眼看楊過命在頃刻，楊過的激烈之情，也發揮到了頂點：

全身勁力全失，心中卻絲毫不懼……

他有時雖然狡計百出，但此刻卻又倔強無比……

越是面臨強大的勢力，越是面臨生死關頭，楊過就越是執拗、倔強、激烈。這種性格，在歷史上，表現在許多大英雄大豪傑的身上，文天祥、史可法，全是有這種性格的人，這才能威武不能屈，成為千古傳誦的英雄人物。

楊過的這種性格，只在比他強的勢力前表現出來。面對的勢力越強，他表現得越是徹底，「敵強我愈強」，投降屈服的念頭，是從來想都不想的。而且，也決計不會在比他弱的勢力面前，去表現他的這種性格。

同樣的性格，倔強、偏激、執拗，只有表現在強勢之前才可愛。在強勢之前表現這種性格是英雄，若是在弱勢面前表現這種性格，那十足十是狗熊。

◆害人家意亂情迷

在弱勢或相等的力量之前，楊過是十分隨和的，吃點虧也不要緊，被人家戲弄也不要緊。這一點，在《神鵰》的幾個女角面前，楊過最能表現他溫和、隨便、令人親近的性格。

為什麼陸無雙、程英、洪淩波、公孫綠蕚全會喜歡楊過呢？就是因為楊過在她們面前，表現了性格隨和的一面，「傻蛋」就「傻蛋」，「媳婦兒」就「媳婦兒」，他肯讚美人，肯吃虧，而心地又好，對那些女孩未必有情意，可是卻能在每一個女孩子的心中，生出一種對他親切、愛護、依靠之感，如冬日之向陽一般，只要和楊過相處，就自然感到喜歡。

楊過在後來曾自責：

自思少年風流孽緣太多。

這種自責，實是太苛，公孫綠萼喪命，程英和陸無雙傷心，和楊過其實沒有關係。楊過只不過是隨便用他的本性對待她們，這些女孩子自己不能自拔了，與楊過何尤？情愛一定是雙方面的，由於楊過為人風趣，處處肯為人著想，樣子又俊，女孩子當然容易喜歡他，他就需要負責了嗎？自然是不必要的。

後來，郭襄暗戀楊過，那倒是楊過已成了大英雄之後的事，當然，仍然是楊過這種親切的性格起了很大的作用。若是楊過換了郭靖這樣子，郭襄的英雄崇拜心理再濃，也生不出情意來的。

不妨看看楊過和公孫綠萼之間的關係，因為他和這位公孫姑娘的關係比較特殊，程英、陸無雙根本從頭到尾，都是一廂情願、自作多情而已。

楊過初見公孫綠萼是早上，公孫綠萼正在吃情花，順手摘了兩朵給楊過。這時絕情谷中，處處透著詭異，可是楊過想也沒想，接過來就放進了口中。

別看這只是小小的動作，在一個少女眼中看來，就大有親切之感。楊過在面對著女孩子之際，不猜疑，不做作，自自然然，隨和親切，自然使女孩子樂於和他接近。

此所以雖然絕情谷中規矩甚嚴，幾句話之後，公孫綠萼自然而然，把嚴規拋到了腦後，「說著話，並肩而行」，這時，公孫綠萼仍然是「冷冰冰」的，後來楊過會逗人，幾句話把公孫姑娘逗笑了，美人一笑之下，「二人之間的生分隔閡登時去了大半」。

而楊過逗人的話，又絕非輕薄，只是叫人聽了有趣，自然而然想笑而已。這樣的話，喬峯是殺了頭也說不出的，韋小寶自然是不必經絲毫考慮，但不免油腔滑調，女孩兒家雖然會笑，同時也必然報以老大白眼。令狐冲只怕不會在意人家笑還不笑，可以說同樣的話，但不會說。

公孫姑娘被楊過逗得微笑，大笑，笑得彎了腹。在絕情谷中長大的她，只怕有生以來，未曾如此歡暢過，自然一縷情絲繫在楊過身上。但在楊過而言，他實在不是故意去撩撥女孩兒家的情懷，至於「我為你手指疼」的話，雖然比較輕浮，但也是公孫姑娘「微感不快」發嗔在先，當然不能深責楊過的。

早上並肩散步之後，公孫綠萼已然不能自拔了。

至於金庸忽然加了一句，說楊過：

雖然並無歹意，但和每個少女調笑幾句，招惹一下，害得人家意亂情迷，卻是他心之所喜。

這樣的考語，自然是冤枉了楊過的。楊過無拘無束地隨意說笑，雖有「害得人家意亂情迷」之嫌，但卻沒有「害得人家意亂情迷」之意。那些少女自然禁不住意亂情迷，因為像楊過這樣的異性，畢竟絕難遇到。楊過應該怎樣呢？看見每一個少女，都板起臉來麼？這自然是絕無可能之事。楊過的外型、性格，都得女孩子的喜愛，這該不是他的責任吧？

楊過重見小龍女，公孫綠萼自然已經知道楊、龍之間的關係，可是她還是冒死來救人，相識不過一日，便可以引得少女做這樣的大事，楊過對異性的魅力之大，由此可見一斑。再說一句，一個男人，具有對異性的極大魅力，那絕不是這個男人的過錯！

◆烈性和輕浮

金庸評論楊過的性格：

……他天性偏激使然，心性相投者他赤誠相待，言語不合便視若仇敵……

但忽略了在面對強勢之際，楊過的性子烈這一個大優點，而皆以「言語不合」，實在不能算是的評。言語不合，楊過一樣可以處之泰然，但想欺他、壓他，他就要反抗到底。

公孫綠萼為了救楊過，當真受盡了屈辱，後來深洞之中遇裘千尺，裘千尺逼婚，公孫姑娘的表現真得人敬佩，她心中了然：

「媽真是一廂情願，人家那有半點將我放在心上了。」

她痴戀楊過，知道楊過並不愛她，她一點也不去痴纏自己所愛的人，自己傷心，自己處理，這位公孫姑娘真是人間的情聖，若是哭哭鬧鬧，那和裘千尺無異了。不過她的死，和她對父母的極度失望也有大因素，不單只為情的。

裘千尺是下下人物。

公孫綠萼是上上人物。

楊過的性格，也有輕浮的一面，這是他自幼喪母之後，在市井中流落時所形成的。楊過出場時，提著大公鷄（當然是偷來的）：

一個衣衫襤褸的少年左手提著一隻公鷄，口中唱著俚曲……笑道：「嘖嘖，大美人兒好美貌，小美人兒也挺秀氣……」臉上賊忒嘻嘻，說話油腔滑調。

「賊忒嘻嘻」是一句江南話，指的是一種鬼頭鬼腦、頑皮、古怪的神氣，但絕不可惡。當大人在笑罵小孩「你賊忒嘻嘻做什麼」之際，不會有怒意在心。而小孩子做了不嚴重的壞事，在受大人責罵之際，調皮的孩子也會有賊忒嘻嘻的神情。或在有非分要求之際也會這樣。由於這是一句方言，所以不怕費事，將之解釋得詳細一點。

楊過的油腔滑調，在對付大武、小武兄弟之際，發揮得淋漓盡致，但那終於害了他自己，成了郭芙斷他手臂的導火線。

不過一直到最後，楊過的這點脾氣還是改不了！

「郭大姑娘，你向我磕三個響頭，我便去救你丈夫出來。」

那時候，楊過已經是公認的大俠了，可是脾氣改不起來，也沒有辦法。

楊過有十分難得的一點，是他脫離了市井流離的生活之後，幼年生活的影響，便已改正到了最低限度，污言俚語，絕未曾再出諸他的口中，「出污泥而不染」當然難得，染了而能脫去，更加難得。

◆出類拔萃的豪俠

楊過後來知道了自己父親的死因，熱血沸騰，要殺郭靖、黃蓉。這是《神鵰》中最驚心動魄的情節，也最值得討論。

要注意的一點是，楊過要殺郭靖，不單是為了報父仇，也有為了半枚絕情丹的原因在，形勢逼得楊過非下手不可！

楊過不能明向郭靖挑戰，自然只能暗中下手，他第一次下手：

楊過正想拔出匕首，忽聽得窗外有人輕輕彈了三下，急忙閉目不動。

第一次，根本未及動手，就沒有成功。沒有成功，是因為黃蓉恰好來到。

請注意，是由於偶然的因素，才未能成功。

第二次，是在當夜，楊過以為郭靖睡著了，其實郭靖並未睡著。以楊過之精明，似乎不應該如此大意，這是性命交關的大事！

結果，未曾下手，郭靖以為他有夢遊症，第二次又未能得手。第三次，郭靖在萬箭齊發的情形下，強登城牆，楊過在牆頭，曾想過「凌空發掌擊落」，可是結果卻變成把郭靖救了上來。

這是一個極其重要的轉變，從要殺郭靖、報父仇，到把郭靖救上來，理由自然不是如忽必烈所說的「料那楊過是要手刃郭靖，為父報仇，不願假手於人」。而是楊過的心情，一直十分矛盾；他要殺郭靖，但是又深切感到郭靖對他極好——在這時，楊過所考慮到的，只是郭靖對他的信任和真誠的好，那使他這種性格的人很感動。他這種性格的人，在有人真對他好的時候，其實是十分軟弱的，《神鵰》之中，有過許多這樣的例子，從小歐陽鋒對他好，他感動；黃蓉是他最討厭的人，對他好好說話，他也會感動得哭起來。

這時，楊過還未曾感到郭靖保國衛民的偉大，他突然改變念頭，還是從私人感情出發的結果。這是楊過思想上的矛盾之處：殺郭靖，或是不殺。

這種矛盾，交織成為十分動人的情節。楊過先從私人感情出發，考慮可以不殺郭靖，後來和郭靖一起闖蒙古王帳，郭靖威武不屈，使得楊過從心底感到郭靖的仁俠英勇，對他產生了極度的敬佩，也感到在如今這種情形下，絕不能為了一己之私而殺郭靖，陷萬民於水火。於是毅然放棄了報仇之念，也不要那半枚絕情丹了。

這種轉變是合乎楊過性格的，楊過的為人自此趨向完美，從私仇到公義，使楊過成為真正的大俠。

對楊過來說，師父可以娶之為妻，殺父仇人可以因為認識的轉變而不提，那才是出類拔萃的豪俠了。

到後來，楊過和郭靖之間再無仇怨，所以中間的兩段小節，就顯得有問題了。

那是楊過第四次向郭靖下手。在郭靖、楊過一起自大帳中闖出來的時候，楊過忽然裝肚痛，郭靖背負楊過向外闖，楊過：

提起君子劍，對準他後頸便插了下去。

這一劍下去，郭靖是必死無疑的了，郭靖之所以不死，是因為瀟湘子用哭喪棒，擋開了楊過的一劍。這是一個十分偶然的僥倖，要是瀟湘子不擋呢，豈不是楊過就此殺死了郭靖？

而且，楊過幾次下手，都是瀟湘子擋開的，這一小節情節，在楊過思想已有轉變之際出現，不是十分適合，應該是楊過思想矛盾，在下手和不下手之間猶豫，終於不下手，比現在這種情形好。

（和金庸談過這個問題，金庸認為這個看法有點道理，可以考慮改一下。）

楊過在轉變成為大俠之後，幫了郭家不知多少大忙，救郭芙、救郭襄，全然不顧自身安危，小龍女說他是：

「世上最好的好人，甘願自己死了，也不肯傷害仇人。」

小龍女這樣說是有道理的，因為楊過要殺郭靖，不單為了報父仇，也為了那半枚絕情丹！連黃蓉也明白了：

「這般捨己為人的仁俠之心當真萬分難得。」

只可惜黃蓉這種心胸的女人，始終不能明白楊過心胸之廣闊，十六年後，還以為楊過會借郭襄來報仇，真正頭腦齷齪之甚！

至於後來楊過被郭芙斷了手臂，真是看得人咬牙切齒之甚，理應照郭靖的意思，把郭芙的手臂也斷一條下來方合。

楊過後來也沒有追究斷臂之仇，胸襟豁達，至於極點。難怪郭芙要感到自己空虛，像楊過這樣的男人，真是天下少有，而可以配得上楊過這樣男人的女人，郭襄說得最對：

「也真只有你，才配得上他。」

郭襄口中的這個「你」，就是小龍女。

6 小龍女

◆冷若冰雪的美女

小龍女是金庸小說之中最特出的人物，是最特出，不是最特出人物之一。金庸小說之中，沒有任何人可以和她相比較的，因為她和每一個人都不同。

小龍女的這種與眾不同，不同的程度又極大，所以使她成了最特出的人物。

小龍女從小在「活死人墓」中長大，並不是她變得和世上所有人都不同的主要原因。楊過初見小龍女時，也因為從來沒有見過這樣的人，反應十分有趣：

只覺這少女清麗秀雅，莫可逼視，神色間卻是冰冷淡漠，當真是潔若冰雪，也是冷若冰雪，實不知她是喜是怒，是愁是樂，竟不自禁的感到恐怖：「這姑娘是水晶做的，還是個雪人兒？到底是人是鬼，還是神道仙女？」

這一段自楊過眼中看出來的小龍女，用字不多，但已經不但形容了小龍女的外形，也形容了她的內心。不過楊過感到「恐怖」，這個詞值得商榷，「害怕」或者比「恐怖」程度較輕，而一樣可以反應出楊過心中的極度驚愕。「恐怖」好像太唐突小龍女了。

由於小龍女極度的冷，其實並不是從「活死人墓」那種不見天日的生活而來的，而是天性使然，是與生俱來的性格。在激情熱烈的楊過進入古墓之後，以及以後發生了許許多多事，她的這種性格只改變了一點：愛了一個她所心愛的男人。

在小龍女和楊過相見之前，她當然也不是全然未曾和人接觸過，李莫愁是她的師姊，還有她的師父，更有古道熱腸的孫婆婆。

小龍女和那幾個人比，如此突出，可知她的天性本來就十分冷，就算她不是從小在古墓之中長大，她也會是個很「冷」的人，只是不如如今之甚罷了。要不然，小龍女十八年來由孫婆婆撫養長大，孫婆婆的性格極熱，何以會對小龍女一無影響？可知小龍女天性如此，再加上古墓生活，師父嚴訓，就形成了如今的小龍女。

小龍女來歷不明，小龍女的師父也來歷不明，全然無可查考了。不明也好，楊過就曾懷疑她是「神道仙女」，就當她是好了，有何不可？

金庸寫小龍女的那種一切世事全與之無關的性格，寫得十分詳細，在《神鵰》中隨處可見。其中最典型的一段，是孫婆婆死在重陽宮時：

孫婆婆自小將她撫養長大，直與母女無異，但小龍女十八年來過的都是止水不波的日子，兼之自幼修習內功，竟修得胸中沒了半點喜怒哀樂之情，見孫婆婆傷重難愈，自不免難過，但哀戚之感在心頭一閃即過，臉上竟是不動聲色。

人的性格，天生的決定性極大，心理學家早已證明，不同的嬰兒，有對外界事物的不同反應。性格是天生的，但也不全是天生，也可以受外界的影響。

小龍女天性本就是冷的，古墓生活，修習內功，加重了她的冷。但是後來，她接觸的人越來越多，尤其和楊過這樣強烈的人在一起，所以「胸中沒了半點喜怒哀樂之情」的情形，迅速改變，到後來，不但不是「沒了半點」，而是喜、怒、哀、樂，紛至沓來，把她折磨得死去活來。

小龍女實在應該在古墓中終其一生，不該在外面和他人接觸的，可是楊過闖進了她的生命，雖然在經歷了那麼多事故之後，她還是和楊過回到了古墓之中，但這個圈子兜下來，小龍女再到古墓，已經和當年的她大不相同了，是不是古墓生活，又可以使她的心冷下來？實在使人縈念不已。

◆複雜矛盾的一面

孫婆婆臨死，把楊過託給了小龍女。小龍女躊躇的時間並不長，就答應了下來，答應之際：

小龍女上齒咬著下唇，說道：「好，我答允你就是。」

小龍女一直到答應時，心中還是在躊躇著的，不然不會有這樣的神情。小龍女在當時，自然不會預知日後她和楊過的關係，但是她一定知道，答允還是不答允，是她有生以來所要做的最大決定。

以她的性格而言，實在可以不答允的，就算孫婆婆含恨而死，對她也應該不生影響。但是她居然答應了，而且接著要郝大通自刎：

「殺人抵命，你自刎了結，我就饒了你滿觀道士的性命。」

從這裡看來，小龍女的性格，除了冰冷之外，也有複雜矛盾的一面。她一方面真正感到「人人都要死，那也算不了什麼」，但一方面又感到「殺人抵命」的重要。這種矛盾的糾纏，是日後她的許多行動的主導原因。例如在聽了黃蓉的一番話之後，她留下了字條，獨自離去，事前她曾：

反覆思量良久……中心栗六，柔腸百轉，不禁掉下淚來。

而在這之前，小龍女才由衷地講了一句可以驚天地、泣鬼神的話：

「別人瞧我不起，那打甚麼緊？」

同是一個晚上發生的事，由於她性格上本有這種矛盾，才會如此，如果只有一面，別人瞧不起就瞧不起，不去反覆思量，當黃蓉的話是放屁，那就什麼事也沒有了。

楊過進了古墓，金庸在一個小情節上，用了「矜持」一詞：

小龍女見他嚇得狼狽，雖然矜持，卻也險些笑出聲來。

雖然未笑，但「眼角之間蘊有笑容」。

小龍女欲笑不笑，眼角之間蘊有笑容，此情此景，真是動人之極，但說小龍女「矜持」，總覺有點不妥，小龍女會矜持嗎？不應該會吧！她和別的少女不同，在古墓之中，她又是主人，何必在楊過面前矜持？她不愛哭，自然也不愛笑，但笑意總是會有的，就讓她自然而然有笑意好了，堅決主張把這四字刪去，因為矜持，在文字上給人做作之感，而小龍女不論做什麼事，都出乎自然，不會做作的。矜持是有意保持出來的一種態度，而小龍女的任何態度，都應該是自然的。

楊過進古墓第一夜，就捱了小龍女十下屁股，以楊過的口齒伶俐，和小龍女嗑七搭八講起來，只怕十八年來，小龍女所講的話，加起來也沒有這一個晚上的多。楊過又加油添醋，講古墓之外花花世界的種種，小龍女聽到後來：

不禁嘆了口氣。

小龍女為什麼會嘆了口氣呢？很值得研究一下。是她被楊過說動了心，想去看看外面的花花世界了？照說沒有這個道理。但不是為了這個原因，還有什麼別的原因呢？如果真是，唯一的解釋是她矛盾的性格又起作用了。

次日，楊過拜師時：

小龍女聽他語氣誠懇，雖然話中孩子氣甚重，卻也不禁感動。

可知楊過一來，小龍女又笑，又說那麼多話，又感動，所謂七情六慾一點沒有，已經大打折扣了。所以兩年之後，有一小段，又值得商榷：

但小龍女冷冰冰的性兒仍與往時無異，對他不苟言笑，神色冷漠，似沒半點親人情份。

分明是第一晚上已大是有異，「與往時無異」自然不對，若說小龍女是在做作，那更加不妥了。

一直到後來，練功受傷，她面臨生死大關，那才真正堤防崩決，有了大改變！

不由心事如潮，但覺胸口熱血一陣陣的上湧，待欲運氣克制，總是不能平靜。

這一改變，她甚至希望楊過來抱一抱她，聽到楊過說會對別的女子好，還會不高興，又想下山去玩，和楊過之間，已由師徒變成了情侶。

◆絕頂的悲劇人物

就在這時，最不幸的事發生了，小龍女被尹志平侮辱，使她整個生命起了改變，以後許許多多事，全因此而生。雖然這件事絕未影響楊過對她的愛情，但是對小龍女而言，卻是哀痛欲絕，直接地形成了她和楊過的第一次分離，直到英雄大宴，再次見面。以後，她幾次離開楊過，只怕都因為拋不開這件事，等到她終於明白了當日終南山上發生的是怎麼一回事之際：

目發異光，心中淒苦到了極處，悲憤到了極處，只覺……自己也已不是個清白的姑娘……只是茫然……

這一段，寫小龍女在遭受重大打擊之餘的反應，和以後小龍女只是跟著尹志平，都極合小龍女的性格，她實在不知怎樣才好，整個人都墜入了一片迷霧之中，真是實在不知怎麼樣才好。人生到了這一境地，什麼悲苦、憂愁、哀傷，與之相比，都不能形容於萬一，這是人生中最悲的境界：不知如何才好，不論你怎樣想，都不知怎樣才好！

小龍女本來就是一個悲劇式的人物，這一來，更是變成了絕頂悲劇人物。所以，初看《神鵰》之際，看到小龍女投崖之後，以為她自此消失，再也不會出現了。結果，金庸寫了小龍女復出，絕頂的悲劇人物喜劇收場，讀者以手加額，人人抹了一把冷汗之後，皆大歡喜。在《我看》中曾提過這一點，再重看《神鵰》，看到十六年後，楊過、小龍女重逢的那一段：

兩人呆立半晌，「啊」的一聲輕呼，摟抱在一起。燕燕輕盈，鶯鶯嬌軟，是耶非耶？是真是幻？

看到這裡，心血沸騰，熱淚盈眶，深深吸了一口氣之後，陡然大叫：「當然要讓他們兩人再在一起，管他媽的文學結構完整不完整，悲劇性格，喜劇性格！」

其時，身在台北中正機場的轉機室之中，身邊的幾個人以為筆者是神經病，紛投以怪異的目光，忙向各人解釋，人人都看過《神鵰》，討論一下，各人發言熱烈，都認為不讓楊過重逢小龍女，真是沒有天理！

雖然世上沒有天理之事甚多，但沒有人願意會發生在楊過、小龍女身上！

重逢之後，金庸對小龍女的性格來了一個總結，一大段文字之後，小龍女縱聲大笑，到這時候，天人合一，小龍女就成了讀者心目中最可愛的人物了。

7

公孫止

金庸筆下，有可愛絕頂的人物如小龍女，也有可厭絕頂的人物公孫止。

公孫止當然壞，但是有很多壞人並不討厭，歐陽鋒就並不討厭。可是公孫止的討厭程度，遠在他壞的程度之上，這樣討厭的人，後來是和裘千尺一起摔死，真是便宜了他。在金庸小說之中，找一個地方對付公孫止這樣的人，最好是把他和裘千尺，一起關到《笑傲》中的西湖梅莊下的地牢去。

公孫止討厭，無獨有偶，他的妻子裘千尺也討厭之極，把他們兩人一起關進地牢，莫再讓討厭在世上流毒，不亦快哉！

這樣討厭的一對夫妻，卻偏偏會生出一個情義深重、可愛之極的女兒來，也真是怪事。這倒要有點多虧公孫止早將裘千尺弄進深洞去，父親對女兒的影響畢竟小點，若是公孫綠萼自小有裘千尺這樣的母親，必然受其影響，那麼公孫姑娘也就絕不可能如此可愛了。

公孫止好色，應無疑問，早年就和柔兒勾搭，在危急關頭把柔兒殺了。柔兒倒是一個可憐的女人，她身分低微，但年輕美貌，又肯聽話，「公孫止說什麼她答應什麼」。公孫止在裘千尺的積威之下過日子，只怕早已痛苦不堪，所以他只有和柔兒在一起，「才有做人樂趣」。

後來東窗事發，裘千尺設下毒計，公孫止真的是「武大郎敲門——王八到了家」，一劍把柔兒殺了。

公孫止深謀遠慮，他當時自然只想到自己先活下來，對付了裘千尺，女人還怕找不到麼？

在確然對付了裘千尺之後，公孫止不知道有沒有後悔過？在他要強娶小龍女之前，好像他並沒有找到心愛的女人。有時，心愛的女人一生只有一次機會遇得到，殺了，就再也遇不到了！就算找到了，一廂情願也沒有用，還要對方也愛才行，公孫止自然愛小龍女，但小龍女何曾把他放在眼裡，做人做到這樣子，真是無趣至於極點了！

公孫止後來又看中了李莫愁，想害自己女兒去討好李莫愁。李莫愁雖然是女魔頭，也決計不會喜歡公孫止這樣的人，李莫愁再壞，自有格調，而公孫止卻是一場糊塗，什麼也沒有，李莫愁若是竟然會對他有意，那真是奇事了。

金庸小說之中，最最不堪的人物，就是這個公孫止，再也找不出第二個人來可以與之相提並論了！

8 瘦黃馬

瘦黃馬不是人，只是一匹馬。

這匹馬是神駒，但是卻不被人所知，落在一個傖夫的手中，要來拉車，還嫌牠拉得不好，用力鞭打，被楊過救了出來。

楊過救黃馬是偶然的，當他救黃馬的時候，也不知道這匹馬那麼好，只是想到黃馬所受到的待遇太差，自己又在心境不好的時候，一時之間有了感觸，所以才出手的。

等到救了黃馬之後，才知道是一匹寶馬，那真是妙手偶得了。

這匹黃馬的遭遇，是相當擬人化的。牠拉車拉得不好，因為牠本來就不是拉車的材料，牠是神駒寶馬，落在傖夫手裡，只叫牠拉車，自然拉不好。一到楊過手裡，就馳得像騰雲駕霧一樣，把牠真正的本領發揮了出來。

人也是一樣，不論男人女人，天生的優點未被識得的人先掘出來，而環境又未容許他發揮之際，這個人可能看來一無是處，然而一旦才能有發揮的機會了，就會光芒萬丈，或許其他人還是不知道，但只要有一個人知道，也就夠了。

知遇，是很難得的一種際遇，要知人難，要被人知也難。

瘦黃馬若是不遇上楊過，終其一生，只好被傖夫鞭打，要來拉車。

瘦黃馬還有一樣奇處，就是愛喝酒。一喝了酒，就歡嘯不已，奔馳起來更快，但是卻竄高伏低，並不平穩，象徵著牠性格之中的叛逆性。

瘦黃馬在被楊過發現之後，一直跟著楊過，後來在蒙古大軍的圍攻之中，中了不知多少箭，眼望主人，哀嘶而逝，死得十分壯烈。

這匹黃馬，其實還是應該讓牠帶著重傷衝出去，然後再讓牠大喝特喝好酒，喝著喝著，就傷重而死，這更加感人。

金庸小說中有不少禽、獸，《神鵰》中的大鵰且上了書名，但是所有金庸小說中的動物，以這匹瘦黃馬最具性格，最得人喜愛。那頭大鵰為什麼對楊過特別好，並無來由，難道牠見到有人，就這樣對待嗎？還是楊過有什麼地方特別吸引了牠？看來看去，看不出名堂來。

瘦黃馬是金庸小說中的上上動物。

9 結語

《神鵰》看到此處，也差不多了。自然還有一些人是可以一提的，像蒙古人的幾個高手，瀟湘子、尼摩星、馬光佐等人。尹克西的兵刃美麗絕倫，馬光佐大個子傻得十分有趣，但這些人始終不是重要人物，有的在《我看》中已經提過，所以從略。

《神鵰》在金庸的作品之中，排名第四，是百看不厭的好小說，情節安排之豐富，寫各種各樣性格的人在情愛上的糾纏，寫到了極點。

後記——

小說的寶庫

既有〈前言〉，例有〈後記〉，這是慣例了，不必細表。

在〈前言〉中曾提到：「已經在的武俠小說，不會少的。」忽然想到，也未必一定如此。有一部十分著名的武俠小說：「平江不肖生」向愷然所著的《江湖奇俠傳》，講起來人人知道，四十左右的人，看過這部武俠小說的人，也不知有多少。這樣流傳多年、流傳這樣廣的一部武俠小說，五、六年前要找一部，已經找不到了。

這真是沒有可能的事，但事實又的確如此，找遍了港台兩地，登報徵求，沒有就是沒有了。到如今為止，還在繼續努力找，若是真找不到，那麼出名的一部武俠小說，就此只有名字了。而它最流行的年代到如今，不過三、四十年而已！

所以，保有金庸舊版小說的讀者，千萬要珍惜，不可等閒視之。

《神鵰》人物眾多，故事複雜，其波瀾壯闊之處，雖然不及《天龍八部》，但是寫情細膩之處，實有過之。比起《射鵰》來，好了不知多少，而《神鵰》是接著《射鵰》寫下來的，可知金庸在創作過程中的突破和進步之快速。

在〈前言〉中，本來還想在看《射鵰》、《神鵰》之餘，再有篇幅來看看金庸的一些短篇，但是顯然沒有篇幅可以談那些作品了，只好再等下次專門來談論。金庸的短篇，看多了幾次之後，也很看出了一些值得寫之處來。

一日，曾遇一鐵板燒廚師，在煮食之際，忽然對金庸道：「我航海十年，海上日子寂寞如斯，你猜我是怎麼度過的？」

金庸瞠目間，廚師道：「查先生，全靠你的小說啊！」

又一日，在機場免稅處，金庸去買酒（他自己不喝酒，買了來是筆者喝的），一切手續辦清楚之後，職員忽然從一只十分精緻的皮包之中，取出一本《天龍八部》來，請金庸簽名，歡悅之情洋溢。

小女在外國留學，每次放假歸來，必然身負重任，原來同學知道她可以見到查伯伯，千叮萬囑，務必要金庸簽名，帶回去。小女不敢怠慢，下機第一件必辦此事，不然要是忘記了，回學校會「被同學打死」云云。

金庸小說有舊讀者，也有大量新讀者，那天聽一位朋友說，他九歲的兒子在看《天龍八部》。那實在是不應該看得懂的，但是朋友言之鑿鑿，倒也不便不信，那只怕是年紀最小的讀者了吧！

但願舊讀者不斷在金庸小說中找到新的樂趣，而對新讀者來說，金庸小說，是小說的寶庫！

一九八二・十二・十四　香港

四看金庸小說 / 倪匡 著. -- 三版. -- 臺北市：
遠流出版事業股份有限公司 , 2024.09
面； 公分
ISBN 978-626-361-857-2（平裝）

1. CST : 金庸　2. CST : 武俠小說
3. CST : 文學評論

857.9　　113011131

四看金庸小說

作者 / 倪匡

副總編輯 / 鄭祥琳
主編 / 陳懿文
校對 / 萬淑香
美術設計 / 謝佳穎
排版 / 中原造像股份有限公司
行銷企劃 / 廖宏霖
出版一部總編輯暨總監 / 王明雪

發行人 / 王榮文
出版發行 / 遠流出版事業股份有限公司
地址 / 104005 臺北市中山北路一段 11 號 13 樓
電話 / (02)2571-0297　傳真 / (02)2571-0197　郵撥 / 0189456-1
著作權顧問 / 蕭雄淋律師

1987 年 3 月 1 日 遠流一版
2024 年 9 月 1 日 三版一刷
定價 / 新臺幣 360 元 (缺頁或破損的書，請寄回更換)

ISBN 978-626-361-857-2

遠流博識網 http://www.ylib.com E-mail: ylib@ylib.com
金庸茶館粉絲團 https://www.facebook.com/jinyongteahouse